Hans Janowitz
Jazz

Hans Janowitz

JAZZ

Roman

Mit einem Nachwort
von Rolf Rieß

Weidle Verlag

Die Originalausgabe erschien 1927 im Verlag Die Schmiede, Berlin.
Für die Neuausgaben (Weidle Verlag 1999 und 2024) wurde die
Orthographie beibehalten.

Trotz intensiver Suche konnte kein Rechtsnachfolger Hans Janowitz'
ermittelt werden. Sollte es einen Erben Janowitz' geben, wird er gebeten,
sich mit dem Verlag in Verbindung zu setzen.

Bibliografische Information der Deutschen Nationalbibliothek
Die Deutsche Nationalbibliothek verzeichnet diese
Publikation in der Deutschen Nationalbibliografie;
detaillierte bibliografische Daten sind im Internet über
http://dnb.d-nb.de abrufbar.

© Weidle Verlag, Göttingen 2024
www.wallstein-verlag.de
Der Weidle Verlag ist ein Imprint der Wallstein Verlag GmbH

Vom Verlag gesetzt aus der Alegreya
Umschlaggestaltung: Eva Mutter (evamutter.com)
Umschlagabbildungen: Darién Sánchez/complot
Druck und Verarbeitung: Pustet, Regensburg
ISBN 978-3-8353-7568-0

1

Ein europäischer Chronist im Jahre 1999, der die Zeit um 1925 schildern wollte, hätte zu beginnen:

Es war die Zeit des »Bubikopfes«, es war die Zeit des »kurzen Rockes«, der »fleischfarbenen Strümpfe«, es war die Zeit der fortgelaufenen Söhne und entführten Töchter, es war die Zeit, da die Vaterländer, statt Gut und Blut von ihren armen Teilnehmern zu fordern, wie in den mörderischen Jahren 1914–1918 (da man fürs Vaterland nicht nur sterben durfte, sondern auch morden mußte), sich mit dem Hab und Gut der dem Weltkrieg entronnenen Steuersubjekte zufrieden gaben, es war die Zeit, da die Radiowellen, in wachsendem Andrang, täglich dichter und dichter den Erdball umspülten, ein Wellenbad, dessen Wirkung auf die Konstitution des Patienten damals noch ganz ungewiß war, es war die Zeit des ersten Zeppelinfluges über den Atlantischen Ozean, die komische Zeit, da die »Vereinigten Staaten von Europa« noch Utopie schienen und als Phantasie idealistischer Träumer von den sogenannten Realpolitikern belächelt wurden – unglaublich, aber wahr! –; es war die Zeit der historischen Dissonanzen zwischen Ost und West: das erste Jahrzehnt des Kommunismus in Rußland war bald überstanden, eine neue Menschheit war unter den Sowjets in der einen Welthälfte herangewachsen, streng abgegrenzt vom bürgerlichen Westen des verarmten, zwiträchtig gespaltenen Europa, vom West-Westen des über und über vergoldeten Amerika, eine Kluft von noch nie erlebter Tiefe war aufgerissen zwischen den beiden Hälften der Menschheit, mitten durch die einstige Zivilisation der Demokratie ging jetzt ihr roter Grenzstrich, hinter dem die proletarische Kultur ihr Zukunftsreich baute; diese Dissonanz zwischen Ost und West klang grell durch alles Leben der Erde, ja, es war die Zeit ebendieser grellen Dissonanz, aufgewühlter Kontraste, es war die Zeit der wilden Kindereien, Schattenwürfe nur der tragischen Verwilderungen, die noch bevorstanden, es war die Zeit der wilden Freude an wilder Lausbüberei, an wildem Unfug im Ordnungsbereich, kurz: das wahre Programm der Zeit hieß:

Jazz,

und Jazz ist es natürlich auch, womit wir uns hier beschäftigen wollen.

2

Es war die Zeit, da der »schönste Frauenschmuck« des Mittelalters fiel, das häßliche, lächerliche, unhygienische, indianische lange Haar unserer Urahne, es fiel in dieser Zeit der Schere einer Gilde gutbezahlter Zopfabschneider zum Opfer. Es war wie zur Zeit der reifen Ernte: die langen Haare fielen, fielen überall, junge Mädchen und Mütter und Matronen, alle saßen sie unter dem neuen Heilbringer, Schere geheißen, daß sie sie von dem Fluche der unmodernen Haarflut erlöse. Als sollte es nur noch Bubiköpfe in einer Welt geben, die eben erst ihre Bubis auf dem Altar der verschiedenen Vaterländer umgebracht hatte … Was aber war mit den Röcken geschehen? Noch niemals, zu keiner Zeit seit den Tagen des verlorenen Paradieses, hatte die Mannheit der Welt so viel Frauenbeine zu Gesicht bekommen wie jetzt, zur Zeit des Bubikopfes. Vom Nacken war die Schere mit einem Satz an die Kniekehlen gesprungen und hatte ihr befreiendes Werk auch hier, an den Röcken, vollbracht: nach der Gedankenfreiheit hatte sich das Weib nun endlich also auch die Gehfreiheit erkämpft … um jener rascher entspringen zu können? Ich weiß es nicht. Ich weiß aber, daß die Röcke damals mit einem Male bis zur Kniegrenze emporzuckten, im Tanze sogar eine lüsterne Idee weit noch darüber, und bei Tag und Nacht strahlten die Mädchenbeine in der fleischfarbenen Illusion der Nacktheit, von hauchdünnen Strümpfen umspannt, die der liebe Gott eigens erfunden zu haben schien, um die Verluste des Weltkrieges die Menschheit endlich je eher je lieber einbringen zu lassen. Tatsächlich: die Zahl der Schwangerschaften wuchs überall, wo die neue Mode sich Bahn brach, die Zahl der Ehebrüche und Scheidungen stieg und erklomm einen neuen Höhepunkt, Töchter, die das siebzehnte Jahr erreicht hatten, waren im Elternhaus meist nicht mehr vorhanden, sie waren ihm entführt worden, oft, bevor sie noch die Kinderschleifen abgelegt hatten, die Söhne waren mit verheirateten Frauen durchgegangen, die Mütter mit den Mitschülern ihrer Söhne oder auch mit ihrem Chauffeur. Die ständige Zur-Schau-Stellung der Körperformen hatte es zustande gebracht, daß sittsam vernarbte Konflikte wieder aufbrachen, ein wildes Ehedurcheinander setzte ein, eine gelinde Raserei durchtobte dauernd die Männeradern und demzufolge auch die Adern der Damenwelt, ihr Weizen blühte, und auf dem Halm schon wurde die Ernte verkauft. Exzesse häuften sich, und die Schuld? Die Schuld war, wie es sich in galanten Zeiten immer gehört hat, stets auf der Gegenseite.

Der Zigeuner, der bis 1914 der Welt was ins Ohr gegeigt hatte, war von dem bleichen Fiedler abgelöst worden, der die Schützengräben des interstaatlichen Brudermordkonzernes vier Jahre lang abgewandert hatte. Dann aber kam sein Bruder Narr, der Mann der Synkope, die Geige des Todes wurde von dem Saxophon des Lebens abgelöst, die Trommel des Henkers vom Schlagwerk des Tänzers, das Maschinengewehr vom Takt des Stepers. Radikale Verjüngung der Welt durch blühenden Unsinn!

Die Zeit hatte ihren Offenbach gefunden. Er hieß: Jazz! So hieß der Ausdruck der Zeit, die sich den Lehrsatz unseres närrischen Psychiaters: »Du sollst Caligari werden«, auf ihre Art zu Herzen genommen hatte. Die Welt war nicht gerade Caligari, aber Jazz war sie geworden, gründlich Jazz geworden. Und ich habe nun zu erzählen, wie das war, damals, da die Welt, gewissermaßen im ersten Anlauf schon ihr Ziel erreichend, Jazz geworden war.

3

Wie? Die Welt war Jazz geworden? – Ich kann nicht umhin, mich bei diesem Gedanken noch einmal zu unterbrechen, das letztemal hoffentlich, bevor ich die Geschichte der fünf Jazz-Band-Boys zu erzählen beginne, um die es hier eigentlich geht.

War die Welt denn wirklich durchwaltend Jazz geworden?

War es eine gute Zeit, da dies geschah? War es eine böse Zeit? Es ist eine schlechte Sache mit solchen Behauptungen, und am besten wird es sein, wenn ich bei der billigen Wahrheit des Durchschnittes bleibe, bei der Standardwahrheit der Mehrheitskoalition gewissermaßen, die immer und überall erschwinglich ist, und darum sage: die Zeit war nicht besser und nicht schlechter als alle anderen Zeiten. Dies ist in der Tat meine Meinung, und ich möchte sie besonders gern gegen alle die Weltuntergangspropheten vertreten, welche damals aufstanden, sich in ihrer ganzen, reich mit Schnitzwerk verzierten Moral erhuben, überhuben, und aus dem Anblick der

vielen reizenden Frauenbeine, die plötzlich den Gesichtskreis
graziös bevölkerten, folgerten, daß es höher absolut nimmer
ginge, womit sie, wenn sie hierbei nur an die Röcke gedacht
haben würden, nahezu recht behalten hätten. Ihr »höher
geht's nimmer« bezog sich aber leider auf die Unmoral und
Verrücktheit; und was zumindest diese anlangt, so ist zu sagen, daß es mit ihr doch immer noch »höher ging«. Als Symptom hierfür sei angeführt, daß neben all der Verrücktheit ver-
rückterweise sehr viel Fleiß und Ernst und Mühe des Lebens
bestand, sicherlich um nichts weniger als zu anderen Zeiten.
Des Morgens strömten die Arbeiter in die Fabriken, die Berg-
leute fuhren in ihre Schächte, Autos und Autobusse rollten
Arbeitsmenschen aller Jahrgänge und Rassen an die Arbeits-
stätten, es gab Studenten, die studierten, auch die Liebe sah
aus wie zu allen anderen Zeiten, nicht anders benahmen sich
die Klugen und die Dummköpfe, ganz wie anno dazumal; der
Nachteil derer, die im Vorteil waren, und der Vorteil der anderen, die im Nachteil waren, war evident wie eh und je, die
Verliebten und die anderen Kranken litten Schmerzen, nicht
anders wie zu anderen Zeiten, und die Mädchen sogar, die die
Haare am kürzesten trugen und die Röcke kniefrei und die
fleischfarbensten Strümpfe an Beinen sehen ließen, die sich
sehen lassen durften, sie arbeiteten bei Tag in ihren Bureaus,
an Pulten und Läden, vor Spiegeln und Fensterscheiben und
Schreibmaschinen und Jupiterlampen, auf Podien und Lei-
tern, und sie leisteten ihre Arbeit wie zu allen anderen Zeiten.

Die Welt war zwar Jazz geworden, gewiß, daran bestand kein
Zweifel und dagegen war gar nichts zu machen; aber ergänzend
ließe sich vielleicht die Behauptung wagen: die Welt war Jazz
nur in ihrer freien Zeit geworden … Sonst war sie arbeitsam
und mühselig, oft verregnet und sorgenumwölbt, wenn auch,
mein Gott, es läßt sich nicht leugnen, bleiben wir dabei, auch
im Ernst des Lebens, Gott sei Dank, ein bißchen angejazzt.

4

Von Lord Henry zu behaupten, er wäre das, was man einen ernsten Menschen nennt – nein: in den einundzwanzig Jahren, die er auf der Welt war, hatte sich niemand so lächerlich gemacht. Es wäre niemandem eingefallen, das zu behaupten, seinen Eltern nicht und nicht seinen Mitschülern, Lehrern, Stallknechten, Klubfreunden, Sportpartnern, Tag- und Nachtgenossen. Er war wirklich kein ernster Mensch. Das Blut, das ihn durchpulste, war in diesem Gefäß zu moussierender Reife gediehen, und diese verursachte eine Beweglichkeit ohne Pause, Lebhaftigkeit ohne Ruhe, ein Überschäumen, das seinesgleichen suchte. Ein sträflicher Einfall, Lord Henry in ein Coupé erster Klasse zu stecken und ihm fünf Stunden lang Stillsitzen vorzuschreiben! Ein Einfall, der sich gerächt haben würde, auch wenn im Nebencoupé kein so amüsantes, drolliges, launisches Femininum gesessen hätte, wie es Frau Mae R. war, eine von hysterischen Kräften zur äußersten Süße widerspenstigen Geistes weise genährte Schönheit.

Die Melodie des eisernen Geratters auf dem Schienenstrang machte Henrys in Tanzrhythmen pulsierendes Blut immer mehr schäumen, die Beine fliegen, die Arme fuchteln – Lord Henry war, zu seinem Glück, ganz allein in dem Coupé, und seine gelinde Raserei, die zu einem Steptanz anschwoll, konnte nur an Plüschkissen und tapezierte Wände, nicht auch an mitreisende Gemüter stoßen, die darauf minder weich reagiert haben würden. Nach drei Stunden Fahrt hatte Henrys Beweglichkeit eine Tendenz zur Zärtlichkeit bekommen, die von manchem Standpunkte aus betrachtet gewiß nicht zu billigen ist, aber einem Einundzwanzigjährigen nicht schwer verübelt werden müßte. Sein Solotanz nahm Anlauf, sich zu einem Duett zu erweitern, einem Duett mit einer Unsichtbaren. Und der D-Zug ratterte dazu seinen sausenden Schie-

nenstrangfoxtrott, gar nicht entfernt ahnend, welche Weise
seinem braven Rhythmus von dem munteren Lord unterlegt
ward. Unlustig warf sich der arme Solist hierauf in seine
Kissen zurück. Die kleine Welt dieses Nachmittages beengte
ihn jetzt unerträglich mit ihrer Ereignislosigkeit ohne Ende,
und niemand hätte es froher begrüßt als er, wenn der Zug
mit einem kühnen Sprung quer durch das langweilige Alt-
England mit einem Satz direkt in den Londoner Bahnhof
eingefahren wäre. Technische Wunder aber vollziehen sich
allmählich, nicht plötzlich, und wäre es plötzlich eingetreten:
wer würde es lebhafter zu bedauern gehabt haben als Lord
Henry? Niemand? Vielleicht doch jemand. Eine junge Dame,
derer wir kurz erwähnten. Ein Geschöpf von apartem Reiz,
ein mondänes Wesen, das eben noch, mit dem Blick einer Ver-
hungernden, in dem Coupé gesessen hatte, und das jetzt in
tiefer Ohnmacht hingegossen lag auf den weichen Samtkis-
sen, ein bejammernswürdiger, herzbeklemmender, wunderbar hübscher Anblick. Der Schaffner war von Mitreisenden
gerufen worden; jetzt flog er auf der Suche nach einem Arzt
durch den Waggongang. Schon drängte das Reisepublikum,
glücklich alarmiert durch die willkommene Sensation, zur
Coupétür der Erkrankten, da drang der Ruf nach ärztlicher
Hilfe auch an Henrys Ohr; sein Herz setzte einen Augenblick
zu schlagen aus, um einer phantastischen Vorstellung Raum
zu geben, die sich wenige Sekunden später erfüllte.

Durch die aufgerissene Tür erscholl der Ruf: »Ist ein Arzt
hier? Eine Dame ist ohnmächtig geworden!«

Innen entflammt von dem Blitze der Neugierde, außen mit
dem sachlichen Ernst, den der geforderte Beruf erheischt: so
ließ sich Henry zwischen Herren und Damen hindurch, die
bereitwillig zur Seite traten, in das Nebencoupé führen.

Dieses Bild – hatte er es nicht erwartet? Da lag das Femininum, etwas überaus Entzückendes in einem hellbraunen

Kleidchen, in tiefer Ohnmacht. Henry fühlte ihren Puls. Was für ein Gelenk, was für Finger?! Was für eine Haut!

Ein sehr ernster Blick zum Schaffner empor: »Das Herz hat ausgesetzt.« Eine Bewegung der Besorgnis fuhr wie herbstlicher Wind über die Zuschauer hinweg. Hatte der Todesengel den Zug gestreift? Ein Nervöser wandte sich ab, in dieser Sekunde, fühlte er, konnte sogar der Zug entgleisen. Er ging an seinen Platz zurück. Andere folgten.

Ein Wink, kaum ein Wort, und der Schaffner war mit dem Handkoffer des jungen Arztes zur Stelle. Henry holte sein Eau de Cologne hervor und ließ den Duft wirken. Die Nasenflügel der Ohnmächtigen vibrierten ein wenig, die Augenlider zuckten. Der Schaffner war gerührt vor Freude, daß es ihm gelungen war, so rasch tüchtige, ärztliche Hilfe zur Stelle zu bringen. Ein Blick freundlichen Vertrauens fragend zu Henry; der nickte ernst, aber hoffnungsvoll. Dann begann er die Stirn der Patientin leicht zu massieren, nur den Fingerspitzen diese zärtliche Muskelarbeit anvertrauend.

Die Blende der Augenlider der Dame zuckte für den hundertsten Teil einer Sekunde leicht auf. Henry wies, eine Folge des Hundertstelblicks, den er empfangen hatte, den Schaffner mit medizinischer Fachmiene zur Türe hinaus. Der Mann ging auf Zehenspitzen und ließ das Türschloß vorsichtig einschnappen. Henry zog den Vorhang zu. Nun war die Szene den teilnehmenden Blicken der Neugierigen draußen ganz entzogen. Henrys Hände strichen die Schläfen der Patientin langsam abwärts über Ohren und Wangen, und da sie sich dem Halse näherten, schlug ihm ein graugrüner Blick groß entgegen.

»Wie fühlen Sie sich jetzt – ?«

»Besser, danke. – Ihr Flacon, wenn ich bitten darf.« Sie sog den Duft lange ein, dazu sah sie ihn, ohne mit den Augenlidern zu zucken, immer an. Das Ende dieses Blicks war sonderbar. Eigentlich war es ein Kichern, das im Auge begann, um sich dann – zuerst über ihre, anschließend daran auch über seine – Züge auszubreiten, wobei es aber ganz schmal blieb, selbst dann noch, als es ihren Körper durchzitterte und offensichtlich nichts anderes war, als ein – nach solch tiefer Ohnmacht – eigentlich recht unerklärliches Gelächter.

Er begriff sie vollständig.

Sie: »Ich hatte mich so entsetzlich gelangweilt!«

Er begriff, begriff das vollständig.

Sie (*ungläubig*): »Als Arzt?«

»Nein. Ich bin ebensowenig Arzt, wie Sie ohnmächtig waren. Mein Begreifen bezog sich auf die Langeweile. Ich begriff das vollständig, als gelangweilter Passagier.

Da hatten wir's. Sie begriff, begriff das vollständig. Man glaubt gar nicht, wie schnell zwei Menschen einander vollständig zu begreifen vermögen!

Zwei Minuten später tanzte ein Arzt, der keiner war, mit einer Ohnmächtigen, die nie ohnmächtig war, zum Schienenstrangfoxtrott ein Duett. Es war ein Duett des Einander-Vollständig-Begreifens.

Der Schluß war sehr häßlich. Das Reisepublikum und der Schaffner begriffen nichts, gar nichts; da sie eindrangen, plumps, lag die Dame wieder in Ohnmacht, und Lord Henry hatte unausstehliche Unannehmlichkeiten zu überstehen, die ein Lord nicht gut überstehen kann.

Es ist unmöglich, daß ein Arzt einer Ohnmächtigen gegenüber zärtlich wird und dabei ertappt wird. Es geht noch viel weniger, daß er nicht einmal Arzt, sondern ein junger Lord ist, der sich – chocking genug – für einen Arzt ausgegeben hat.

Da die Dame instinktiv wußte, daß man auch sie nicht begriffen haben würde, war sie rasch nochmals in Ohnmacht gefallen.

Auf diese Weise entging sie den Folgen.

Lord Henry entging ihnen nicht.

So konnte aus dem Lord das werden, was aus ihm werden mußte. Er hatte eine gute Erziehung genossen. Er konnte prachtvoll Tennis spielen und noch viel besser Musik machen.

Etwas anderes konnte er nicht.

Er begriff vollständig, daß er nun, nachdem er seine Lordschaft, wie sagt man doch gleich?, verwirkt hatte, von Berufs wegen Musik machen mußte.

Er machte sie von Berufs wegen. Es war eine übermütige Musik. Aber die Musik war ihm Herzenssache. Er begriff, daß man von Berufs wegen nur Herzenssachen betreiben kann.

Er wurde eine Koryphäe unter den Musikern, die auf Vergnügungsdampfern zum Tanz aufspielen.

Seiner Barschaft bar, fand er sich eines Tages an der französischen Riviera. Drei Nächte lang Pech am Spieltisch, es war zuviel gewesen für seine Tasche.

Er verkaufte seine schöne Garderobe, behielt die Geige, und fuhr – dritter Klasse – nach Paris.

Im Nebencoupé fiel diesmal keine Dame in Ohnmacht. Es war ein Personenzug. Bäuerinnen mit kleinen Kindern, Händler, Kommis mit Musterkoffern, Lokomotivheizersgattinnen.

»Abgebrannt, mein Herr? Wissen Sie, was es heißt, abgebrannt sein, gründlich abgebrannt?«

Auf dieser Fahrt entstand in der Seele Henrys der erste Blues. Er unterlegte ihn dem Schienenstrangrhythmus, und seufzend schlief er darüber, nach jeder der ungezählten Haltestellen, wieder ein, eine zarte Ohnmächtige vor Augen, die an dieser Erinnerung mit einer Innigkeit hingen, die man ihnen nicht zugetraut haben würde.

Das ist nicht nur so! Man hatte einander damals begriffen, vollständig begriffen, und seither nie wieder gesehen.

Wer war sie?

– Er träumte sie oft auf ihrem Gut … Reiterin, Autolenkerin –? Haustochter? Tänzerin? Jägerin?

In diesen Träumen fiel ihm nie ein, daß sie Frau, vielleicht Mutter sein könnte. Weit fort lag das alles, wie sein Elternhaus, weit hinter ihm.

Vor ihm lag Paris. Neben ihm seine Geige. Da er ausstieg, begriff er das, begriff das vollständig. Darum ließ er sich auch in ein kleines Hotel in das Quartier Latin und nicht in das Savoy-Hotel führen, wo die anderen Lords abstiegen. Jene, denen es niemals in den Sinn gekommen war, sich für Ärzte auszugeben, und wenn sie sich noch so sehr langweilten.

5

Musiker gesucht!
Gage nach Leistung.
Abendbrot frei.
Café »Idylle«, Rue de … 9

Konsequenzen soll man sich nicht immer als ebene Dinge denken. Konsequenzen erscheinen oft holprig und verkehrt.

Die Konsequenz also jenes Coupéerlebnisses des Lord Henry mit Frau Mae R. war, nach vielem anderen, die absurde Tatsache, vor die ich den Leser eben zu stellen mich unterfange und auf die ich ihn schonend vorbereiten möchte. Acht Musiker meldeten sich auf jene Annonce, an einem Donnerstag Nachmittag, in dem Vorstadtcafé »Idylle«. Das Lokal gehörte einer Madame Hip-Hip und ihrem Manne. Sie entsprach vollkommen dem Typus der guten Tante von vorgestern, er fiel durch nichts auf, als durch einen viel zu dicken, offensichtlich künstlich gedüngten, winterüber wahrscheinlich im Treibhaus gepflegten Schnurrbart von musterhafter Formfülle und ultraschwarzer Tönung. Das Café war das Klublokal des Damenvereins »Hortensia«, der aus dreihundertachtundsiebenzig Angestelltenwitwen bestand. Die Vorstandsdamen hielten hier, bei einer Kanne Kaffee, an einem runden Biedermeiertisch an jedem Donnerstagnachmittag ihre Sitzungen ab, und die alljährlich neugewählten Comités lösten einander an den Tagen der Woche ab. An Sonntagen und gewissen Feiertagsnachmittagen war ein großer Teil des Klubs versammelt. Über dem Tisch hing eine dickbäuchig beschirmte Angelegenheit mit je einem Kranz aus grünen Glasperlen und Tannengrün, und von diesem Lichtspender gingen die Strahlen der sanftesten, herzlichsten Gemütlichkeit aus, die je einem verirrten Junggesellen Schauer der Gänsehaut über den Rücken gejagt hat. Auf dem Blümchenmuster der Tapete über dem Tisch sah man ein zierliches Plakat, mit dem aus Typen in Form brauner Bohnen geklebten Text:

Wer Kaffee trinkt, bleibt ewig jung.

Darunter saßen die Vorstandsdamen, um Madame Hip-Hip bei der Auswahl der Musiker mit Fachkenntnis zu beraten. Dann noch die Delegierte vom Comité für die schönen Künste, Unterabteilung Musik, und endlich die Delegierte vom Comité für ästhetische Kultur im und außer Haus.

Hinter dem Büfett saß das einzige junge Mädchen des Lokals: es war Mademoiselle Bully, eine Nichte der Madame Hip-Hip, mit untergeordneten Arbeiten betraut; das Kaffeekochen und Einschenken besorgte Madame persönlich. Kritische Begutachtung, Antragsstellung und gar Entscheidung stand nur dem Damenrate im Verein mit Madame Hip-Hip zu; Monsieur Hip-Hip und die Mademoiselle hatten zu schweigen.

»Herren ohne Schnurrbart kommen gar nicht in Frage«, entschied der hohe Rat. Und Monsieur Hip-Hip eilte, die acht

Musiker, die sich im Vorraum drängten, von diesem Beschluß in Kenntnis zu setzen.

... So wurde die kleine Gruppe schnurrbartloser Herren ausgesondert, die das Schicksal zu gemeinsamen Taten erwählt hatte. Ihrer fünf standen sie vor dem Café, sahen einander an, faßten Teilnahme zueinander und lernten einer den anderen kennen. So ist das Leben! Sie waren abgelehnt worden, weil sie keinen Schnurrbart trugen – aber daß dies die Geburtsstunde einer Glorie ohnegleichen war, welche »Lord Punch's Jazz-Band-Boys« erlangen sollten – ja, in solchen Fällen heißt es dann: das kommt nur in Romanen vor. Ich aber stelle hiermit unter Beweis, daß der Fall sich im Leben so ereignet hat, wie ich ihn hier erzähle.

Im Café fand die Probe statt, eine Prüfung, die jeder der drei Schnurrbärtigen von seinem Können abzulegen hatte.

Draußen aber war, aus der Gruppe der Ausgeschiedenen, ein kleiner, semitisch aussehender Herr von etwa sechzehn Jahren, einer plötzlichen Eingebung folgend, mit Beinen, deren Linien das Profil einer Pflaume abzuzeichnen mit viel Glück bemüht waren, ausgesprungen und über die Straße hinübergesetzt. Man sah ihn in einem Friseurladen verschwinden.

Bald darauf stand ein schnurrbärtiger Musiker mehr vor den Brillengläsern der Madame Hip-Hip und den Lorgnons der Vorstandsdamen. Dieser neu Hinzugekommene wurde aber – trotzdem sein frischer Schnurrbart in konkurrenzlosen Prächten stand, höchstens noch dem des Hausherrn zu vergleichen, wenn auch nicht ganz so gediegen von Wuchs und Tönung – der kleine Herr wurde abgelehnt. Er konnte nämlich kein Instrument spielen. Warum er sich denn dann überhaupt als Musiker gemeldet hatte? Er aber hatte sich gar nicht als Musiker gemeldet, stellte sich heraus, sondern als Dirigent ... Alle Faktoren stimmten darin überein, daß er für den Posten nicht in Betracht kam. Er beantwortete dies damit, daß er seinen Schnurrbart heftig abnahm, dem Vorstandstisch des Damenvereins stiftete und rasch verschwand.

Fünf bartlose Gesichter, deren Heiterkeit nichts zu wünschen übrig ließ, hatten sich nun zusammengefunden. Eine Katzenmusik vor dem Café »Idylle« vereinte die jungen Herren zu ihrem ersten Konzert. Der kleine, semitisch aussehende Siegi dirigierte die Kapelle. Lord Henry spielte die Geige. Ein Exzentrikclown außer Dienst, namens Punch, ein ehemaliger Matrose namens Tobby, ein neapolitanischer Straßensänger namens Tino – dies die Personen der nächsten Kapitel und die Schöpfer dieser Katzenmusik. Sie endigte damit, daß sich ein Küchenfenster auftat und Mademoiselle Bully – glückstrahlender Miene – dem kleinen Dirigenten, der ihr ohne Schnurrbart viel besser gefiel als mit, eine Flasche Likör hinunterlangte, als kleines Entgelt für seine Rache an Madame Hip-Hip und dem Damenklub »Hortensia«.

Bei dieser Flasche ward die Jazz-Band selbigen Abends gegründet. So geschehen in Siegi Winters möblierter Bude, am Montparnasse, hoch über Paris unter dem Dach eines lärmgewohnten Hauses, über dessen Türe nach Jahrzehnten noch eine Marmortafel zu finden war, die anzeigte, daß hier die erste Jazz-Band von Paris einst ihr Debut absolviert hatte, ohne Zeugen und andere Hörer, als es die erstaunten Hausbewohner waren.

6

Hat es jemals einen Matrosen gegeben, der nicht seefest war?

Tobby war während seiner Matrosenzeit Tag um Tag seekrank geworden.

Drei Jahre lang hatten er, seine Kameraden und der Kapitän das mit angesehen. Es wurde nicht besser. Ihm wurde nicht besser. Das konnte sich nicht halten. Tobby mußte einen anderen Beruf ergreifen. »Mein Gott, unmöglich, ein Matrose«, hieß es, »muß doch seefest sein!« Was hieß hier »muß«? Tobby kotzte dieses »muß« einfach über Bord, so, daß es sich nicht wieder an Deck getraute, wohl wissend, wie es ihm ergehen würde, wenn es sich wieder in die Nähe des Matrosen Tobby wagen wollte.

Tobby wurde in Le Havre ausgebootet und mit lebhaftem Bedauern zum Teufel gejagt. Vom Landungssteg aus kotzte er noch einmal das Meer an. Dann wandte er ihm, eine Ziehharmonika in Händen, für immer den stolzen Rücken.

Lieber als den Wellen des Meeres wollte er sich den Wellen heiterer Rhythmen anvertrauen. Sie waren ihm fast ebenso vertraut wie jene. Sie durchspülten sein Herz, ohne seinen Magen zu tangieren. Er machte wirklich ausgezeichnet Musik und war darin der Perfekteste an Bord gewesen; so perfekt, wie nur noch in der Ausübung der Seekrankheit, war er im Ziehharmonikaspiel gewesen.

Warum ich den Fall des Matrosen Tobby so liebevoll darlege? Ich tue es nicht nur um seiner selbst willen. Jazz-Band-Boys sind nämlich alle einmal so etwas wie Matrosen gewesen, die immer seekrank werden. Dies der Grund, warum sie nicht Matrosen blieben und lieber Jazz-Band-Boys wurden. Es kommt nun natürlich nicht darauf an, ob sie etwa komische Exzentrikclowns waren, die das Publikum statt Lachen Weinen machten, wie Mr. Punch; oder angehende Generaldirektoren in Schuhoberteilfabriken, wo das Maschinengeklapper sie alles kaufmännische Denken vergessen und ein Orchester aus Maschinenrädchen dirigieren machte, wie Siegi Winter; oder Straßensänger in Neapel, süße Tenöre, die den Neapolitanerinnen alles lieber als jene galanten Gefälligkeiten erwiesen, die von Straßensängern eben mit einem gewissen historischen Anspruch auf solche Leistung verlangt werden, wie

Tino Cecconi; darauf kommt es nicht an. Denn ich behaupte nichts anderes als eben dasselbe, wenn ich sage, daß alle Jazz-Band-Boys einmal solche Matrosen gewesen sind, die, wie der Matrose Tobby, stets seekrank wurden.

Kurz: und das ist es, worauf ich kommen will: der Weg, auf dem man Jazz-Band-Boy wird, hat eine synkopische Struktur zur Voraussetzung. In seiner charakteristischen, plötzlichen Windung gleicht er dem Weg, den der – allen Zeitgenossen so teuere – Saxophonklang zu nehmen pflegt.

Kinder, die zu Jazz-Band-Boys geboren sind, tragen schon das Mal des musikalischen Purzelbaumes auf der Stirn: sie bilden einen geheimen Orden, der die Synkope im Wappen und schlimme Töne im Schilde führt. Während sich der Anspruch des Intellektuellen an die Hornbrille in den Windeln noch nicht unbedingt äußert, so äußert sich unbedingt schon in den Windeln der Anspruch des Jazzbandisten darauf, synkopisch gebrochenen, atonalen und disharmonischen Lärm zu machen.

Die Poesie des Nachtlokals ist viel besungen worden. Je mehr wir uns dem Nachtlokal nähern, dessen strahlende Räume den Hauptteil unserer Geschichte beherbergen werden, um so stärker fühle ich mich gedrängt, der Poesie des Nachtlokals ein Kapitel zu widmen: zur Einführung des Lesers in das neue Milieu gewissermaßen, und darum, weil es mir Spaß macht, den sogenannten Gang der Handlung noch einmal und immer wieder noch einmal, synkopisch zu unterbrechen. Denn vergessen Sie nicht, meine Herrschaften: es ist ein Jazz-Roman, der hier entsteht. Der Jazz-Charakter muß doch endlich irgendwo zum Ausbruch kommen. Weil nun in diesem Kapitel schon viel gebrochen wurde, so breche er also im nächsten aus.

7

Er ist lang, melancholisch und – bei ausgesuchter Eleganz – unbedingt das, was man in Ländern mit Gebirgscharakter, wie z. B. Österreich, einen Lulatsch, oder auch einen Schlurf nennt. Der beliebte Ausdruck wird meist in der Verbindung »langer Lulatsch« und »mieser Schlurf« gebraucht. Zwischen den beiden Begriffen bestehen feine Unterschiede, die hier nicht eingehend erläutert werden sollen. Ich begnüge mich mit der Feststellung, daß der, den ich meinem Ensemble von Romanfiguren hier einfüge, durch die erste der beiden Bezeichnungen richtiger charakterisiert erscheint. Der lange Lulatsch also trägt wunderbar weiche, weiße Seidenhemden zu einem in den Schultern apart weit geformten, in den Hüften eng anliegenden Smoking, dem die besondere Note nicht abgesprochen werden kann. Ich habe eingangs bemerkt, daß er, der Träger jenes sehenswürdigen Smokings, lang und melancholisch ist. Er ist beides; aber es ist schwach ausgedrückt, wenn ich nur eben so hin bemerke, daß er es ist. Gewiß ist er lang und melancholisch. Ich habe sogar Anlaß zu vermuten, daß zwischen diesen beiden Eigenschaften, die doch sonst nicht unbedingt zusammengehören, in diesem Falle eine geheime Wechselwirkung besteht. Ist er etwa gar ob seiner Länge melancholisch? Mir sei verstattet, diese Frage offen zu lassen. Auch über seine Länge, von der gewiß viel zu sagen wäre, will ich mich nicht weiter auslassen. Ich möchte mich nur mit der Anmerkung begnügen, daß es in der Naturgeschichte des Menschengeschlechtes im allgemeinen und des Geschlechtes der Lulatsche im besonderen selten wohl Fälle einer Länge gegeben hat, die einen so ausgesprochen animalischen Eindruck hervorgerufen haben würde, wie es die Länge dieser heute in allen besseren Nachtlokalen vorrätigen Melancholiker tut. Viel zu sagen wäre noch von der weiten, glockigen Form der Smokinghose in der Gegend der Oberschenkel, einer Form, die in ihrer vollkommenen, prachtvollen Plakatreife das naturalistische Bild des Lebens geradezu sprengt und seinen Anblick ins Malerische steigert. Aber auch bei einem so aparten Reiz, der in den Gemütern unglücklicher Damen tiefe, ja zerstörende Wirkungen auszulösen vermag, will ich mich nicht länger aufhalten. Was hätte ich nicht noch alles zu den schöngepflegten und zugleich so ungeschlachten Händen zu sagen, die der Melancholiker am offenen Ausgang des Smokingärmels trägt, dort, wo ein zartes, goldenes Kettchen aus den weichen Seidenärmeln des süßen Hemdes lugt, welches seinerseits auch wiederum lugt, und zwar, mit bildhübschen Mondscheinknöpfen geschlossen, in unbeschreiblich richtiger Länge und Enge, aus dem Smokingärmel. Hier darf aber des wiederum absolut animalischen Eindrucks nicht vergessen werden, den diese Pratzen von Händen, gegen allen Anschein einer illusorischen Haut- und Nagelpflege, hervorrufen.

Wer sind diese von Wolken selbstmörderischer Melancholie eingehüllten, von elegantem Dünkel getragenen Ritter der Nachtlokale, sie, die mit einer Herablassung ohnegleichen die fest angestellten, animierenden Damen des Hauses im Tanz des Tages durch die Säle der Nacht führen? Ihr Tanzschritt ist umwittert von unsichtbaren Scheinwerferkegeln – so schreiten keine irdischen Männer! – Plakatbilder sind lebendig geworden und auf das Tanzparkett herabgekommen!

Herabgekommen, das ist das rechte Wort.

Der Melancholiker tut den Mund auf, und du erkennst, warum er es ist. Er ist Ungar, und in den Zeiten kurzvergangener Glorie war er Husarenoberleutnant gewesen. Viele Operettenschlager künden ja von dem edlen Blut der Madjaren. Hier sehen wir es verkörpert. Natürlich ist er von Adel – sprich: Oodl –, und das Gutschloß seiner Väter haben die Bolschewiken nach dem Umsturz unter den Hammer gebracht. Du frage nicht nach den näheren Umständen. Es sind immer die gleichen. Spielschulden und Morphiumlaster, verbunden mit dem sagenhaften Durchbrennen mit einer Dame der Gesellschaft, schaffen eine Atmosphäre um den Eintänzer – das Wort ist nicht etwa die Übersetzung von One-Step ins Hakenkreuzlerische, sondern es kommt von Eintanzen –, die, verbunden mit dem leidenschaftlichen Akkompagnement einer blendend gestalteten, porzellanhaft geschminkten, phantastisch ausfrisierten und radikal geschlitzt toilletierten Partnerin – vergeblich, ach, ihre Willigkeit zur Hingabe über den Tanz hinaus, er hält's neuerdings, interessant, mit dem jungen Speisenträger – die also, jene Atmosphäre von Morphiumspritzen, Revolverkugeln, Bakkaratschlitten und entflammten Herzen, auf die mondäne Damenwelt unserer Weltstädte unweigerlich Eindruck macht. Hautgoût, hautgoût nicotineffien, das Parfüm der Lebewelt, umlagert seinen von elektrischem Licht mattgebräunten Teint ... Und da er vorbeitanzt, der duftende Tragische, höre ich sein melancholisches Auge über die Partnerin hin zu dem vergoldeten Gipszierat an der Wand sprechen – durch den Strahlenkranz der vielen Glühbirnen dringt der vornehme, leise Ton der Unnatur und spiegelt sich in dein Marmor der Wände, der dahinwelkt unter solchem Blick, als wär's jenes Schloßwappen unter dem Hammer irgendwo in der Puszta ... Ich vernehme die Worte – und wenn jemand nicht glauben will, daß Augen so vernehmlich sprechen können, so überzeuge er sich selbst davon –: »Auch ist mir nicht an der Wiege gesungen worden ...« Und während seine unfehlbar richtig das letzte Tanzgesetz erfüllenden Beine – er ist ein wunderbarer Tänzer, das muß man ihm lassen – im professionellen Storchschritt der Mode das Parkett leichthin und bravourös bearbeiten, passen sich ihnen mit eingeborener Geschicklichkeit die im naiven Stolz proletarischer

Vorstadtnatur gewissermaßen erglühenden, hirnlos hübschen Mädchenbeine eines Animierfratzen an. »Mein Gott,
und mit So-Etwas muß man sich zeigen!« So-Etwas ist nichts
als ein Stückchen Natur, verlogen, gescheit, eitel und kokett,
wie das Geschlecht es erheischt. So-Etwas ist in süße Seide
gehüllt, die Arme und Schultern prahlen in Nacktheit. Der
Brustausschnitt ist der beliebte Rendezvousort von Agrarier-
blicken – in unserem Lokal verkehren nur gutsituierte Herrschaften, bitte –, während die Augen der abgehetzten Stadt-
herren sich nicht so hoch versteigen und, müde, sich mehr
der seidenschillernden Beinpartie widmen. So-Etwas ist eine
unter Nachtbeleuchtung regelmäßig aufblühende Blume, die,
wenn der Morgenreif auf die Wiesen ihrer Heimat fällt, im
Frühcafé bei einer Gulyassuppe sitzt. Die Blume schließt sich,
wenn die erste Elektrische fährt, und sie schläft den Tag über
in einem möblierten Monatszimmer. Nachts tanzt sie dann
wieder, sei es mit dithyrambisch stolpernden Bankbeamten
oder mit saftig dahinfedernden Koofmichs. So-Etwas sitzt
den Herren in den abseitigen Chambres séparées auf dem
Schoß, und hierzu hat gesetzmäßig Sekt zu schäumen, sonst
gibt es das nicht, denn eigentlich verschlägt es gegen die Poli-
zeiordnung. Schwebend in den Armen des Eintänzers erholt
sich So-Etwas dann davon, was es beim Sekt erfahren hat.
Er aber blickt über So-Etwas hinweg in die marmorne Ferne.
Mein Gott, wo ist die Zeit, wo man sich noch für eine Frau
duelliert hat … Auf So-Etwas wird von dem Inhaber des Lokals
dann und wann geflogen, und dann muß es zum Zweischlaf
mit einem wulstigen Bären antreten, während es sich nach
dem Eintänzer sehnt. Nicht vergessen sei ferner eines Geistes
des Grußes, der in dem Lokal waltet – ein stummer Engel in
Schwarz –, er tritt vor den Tisch des Gastes, sieht ihn an und
verbeugt sich stumm. So wandelt er zu mitternächtlicher
Stunde die Tische der Gläubigen und Ungläubigen ab – vor

ihm sind alle gleich, die Wurzen und die Geneppten – und grüßt, ein stummer Mahner an die Ewigkeit. Was will er? Ist es ein Todesbote? Seine Miene kündet Willkommen. Er ist ein abgeklärter Oberkellner, der mit dem Frack die Sturm- und Drangjahre abgestreift hat. Nun hat er sich dem Cutaway und hohem Stehkragen verschrieben. So etwas wie So-Etwas läßt ihn kühl bis ans Vorhemd hinan. Er verachtet So-Etwas mit den Augen seiner Gattin, deren Leibesumfang es sicherlich mit drei So-Etwas aufnehmen könnte. So-Etwas ist nur ein Fetzen, pflegt er zu sagen, wenn das Mädchen sich weigert, einem Rüsseltier ins Séparée zu folgen. So-Etwas grüßt er nicht, für So-Etwas ist seine stumme Botschaft nicht da. So-Etwas tröstet sich darüber; denn ihrer ist die Macht über die Brusttaschen der Gents. Der Speisenträger empfängt ihre Befehle, wenn sie an dem Tisch eines Herrn sitzt; ihre Wünsche, wenn sie unbegehrt, erwartend, enttäuscht an dem Tisch der Kolleginnen sitzt … Es ist ein jeder auf die Gunst des anderen angewiesen, in dem einen oder in dem anderen Belang, und so wiederholt sich das Bild des Lebens auch in diesem Rahmen, den ein goldenes Nachtlokal ihm bietet.

Manchmal wird die soziale Regel unterbrochen, und Regellosigkeiten bringen dann alles durcheinander. Kennt man einen solchen Wirbel? Alte Leitartikler pflegen von einem Sturm im Wasserglas zu sprechen, wenn das Ereignis in der Politik eintritt. Ich will es lieber einen Kopfsturz der Beziehungen nennen, einen Sturzflug ins Chaos, eine umstürzlerische Katastrophe meinethalben, jedenfalls ist es eine Eintagssensation für alle Beteiligten, Gäste und Personal, von So-Etwas bis zur Garderobenfrau, von Frau Mae R. bis zum Rüsseltier …

Und nun, nachdem ich der Poesie des letzten Ritters und seiner Umgebung diese Seiten gewidmet habe, die allzu dürftig im Hinblick auf die reizvolle Materie sind, aber allzu weitschweifend im Hinblick auf den Fortgang der Erzählung, will ich mich den Jazz-Band-Boys zuwenden. Sie sind im Château d'Or zur verwöhntesten Hauskapelle gediehen, die das Haus je gesehen hat. Sie wohnen in einem kleinen Hotel in Paris. Es geht ihnen in jeder Hinsicht vorzüglich. Sie sind sehr fleißig. In ihrer Lebensaufgabe: der Übersetzung der Welt in Jazzmusik, haben sie schöne Fortschritte gemacht. Lord Henry reißt die Boys zu großen Taten irrsinnigen Drauflosgehens hin – keiner weiß zu sagen, wo da die Dressur aufhört und die Verrücktheit wirklich beginnt, damit beginnt, nicht mehr Methode zu sein ... Das Leben unserer fünf Boys ist an zärtliche Ufer gestrandet, und das hat sich so ereignet, wie die nächsten Kapitel es zu erzählen versuchen.

8

Nein, unmöglich, ich kann es mit meinem schriftstellerischen Gewissen nicht länger vereinbaren, bei der Geschichte der fünf Jazz-Boys zu bleiben und inzwischen die erste Dame des Ensembles, Madame Mae R., ihrem Geschick zu überlassen, ohne mich endlich veranlaßt zu sehen, von diesem Geschick gebührend Bericht zu erstatten.

Madame Mae R. ist die Gattin eines höchst ehrenwerten Gentleman, Mr. Douglas R., in London. Sie verdient es in der Tat nicht, vernachlässigt zu werden, sei es auch nur von dem Chronisten ihrer Unarten. Ohne der Dame nahetreten zu wollen, bemerke ich, daß sie schon damals Gattin des ehrenwerten Mr. Douglas R. gewesen war, da sie in jenem Expreßzug die ungewöhnliche Bekanntschaft eines Arztes gemacht hatte, der keiner war. Zu den Sonderbarkeiten der guten, friedlichen Ehe jener beiden mag es gehören, daß Mr. Douglas noch am selben Abend Kunde bekam von der Ohnmacht seiner Gattin, einer Ohnmacht, die bekanntermaßen keine war. Madame selbst war es, die Mr. Douglas ihren neuesten Streich erzählt hatte, ohne des schiefen Ausgangs zu vergessen, den die Sache für den falschen Arzt genommen hatte. Wer der nette, lustige Junge eigentlich war? Sie wußte es nicht. Sie kannte nur seinen Vornamen, Henry, und wußte es ihm Dank, daß er sie verschont hatte, an seiner Blamage teilzunehmen: er hatte ihr Coupé nicht Zeuge werden lassen seiner Legitimierung, die das entrüstete Publikum und der Schaffner draußen von ihm erzwangen. Wer er aber war? Ein Galgenvogel? Nun ja, ein Galgenvogel. Aber ein Galgenvogel mit Takt und Energie.

Mr. Douglas konnte wunderbar lachen; er war einer der besten Lacher der Londoner Gesellschaft. Steten Anlaß aber zu seinem wunderbarsten Lachen gab ihm Madame Mae, sobald sie ihm ihre Streiche erzählte. Die junge Frau hatte oft amüsiertes Publikum um ihren Kamin geschart. Ihr amüsiertestes Publikum war aber und blieb ihr Gatte. Es gab nichts auf der Welt, was er höher zu schätzen gewußt hätte, als ihre Kapricen, die ihm zu lachen, so zu lachen erlaubten ...
So sahen also die Gestalten unseres Romans aus. Ich bin mir dessen bewußt, alle ein wenig oberflächlich und eigenwillig geschildert zu haben, wobei ich gegen das epische Gesetz: die Charaktere im Geschehen zu exponieren, nicht eigentlich die Figuren der Handlung zu »schildern«, manch einen Verstoß gemacht habe, den mir Romanciers von Beruf nicht leicht verzeihen werden. Man erlaube mir, den Umstand, daß ich einen Jazz-Roman schreibe, als Ausrede oder Entschuldigung dafür zu benutzen, daß dieses Buch kein Roman üblichen Schlags wird. Andere Gesetze, so glaube ich, walten über diesem Buche, so wie über einer Jazzpièce andere Gesetze walten als über einer Sonate für Klavier und Geige.

»Saxophon – guter Ton!« ist unser Motto. Es sei es! Und damit möchte ich mich einer neuen Tonfolge zuwenden, die hinter der Szene meiner Stirn schon einen disharmonischen Lärm vollführt, den Konzert zu nennen ich trotz allem nicht dreist genug bin.

9

Der Eintänzer, jener ungarische Herr aus Kapitel sieben, all derer Liebling, die ihn durch die Augengläser der Dankbarkeit betrachten, denn er ist ein dankbares Objekt – »joj, das Leben g'freut ihm nicht mehr.« Wir wissen, warum. Er ist lang, er ist melancholisch. Irgendwo in der Puszta modert ein Wappen. Wenn Marmor verwittert, dann sprießt das Kokainlaster in üppigen Halmen. Müde Welt, was?

So-Etwas ist da, tanzt mit Krethi und Plethi, mein Gott, und mit So-Etwas muß man sich zeigen. Gähnende Nächte in goldenen Nachtlokalen – weit und breit kein Säbelduell in Sicht, keine Entführung einer Dame, bitte: einer Dóme! Arpád – dies sein Name – raucht hundertundzwanzig Zigaretten im Tag. Man könnte geradezu sagen, daß er das Rauchen so wie das Tanzen betreibt, daß er Zigarettenraucher von Beruf ist. Nicht sein Konsum an Zigaretten, die übrigens alle leicht parfümiert sein müssen oder, besser noch, opiumhaltig, um ihm ganz zu behagen, würde uns das Recht geben, ihn einen Raucher von Beruf zu heißen. Aber wohl sein während des Rauchens geübtes Mienenspiel: Unnachahmliche Linien von mondänem Ekel zogen sich da durch die pergamentene Haut zu beiden Seiten des Mundes hinunter, der ein auf der Spitze stehendes Dreieck formte, aus dem der verdünnte Rauch – Arpád inhalierte natürlich – wie ein gleichmäßig zarter Schleier aus Arpáds Innenleben hinausfiltriert erschien in die dreckige Außenwelt. Sie bestand aus Wechselschulden. Arpáds Gage im Château d'Or war gepfändet worden. Über und über und durch und durch nikotinisiert lag die Landschaft von Arpáds Innenleben da, ein für klinische Studien interessantes Lungenobjekt. Jene Linien aber, die den Mund bis tief an das Kinn hinunter flankierten, redeten eine laute Sprache von dem Berufsrauchertum mit allem Zubehör unseres Tänzers, einem Berufsrauchertum, auf das die junge Dame, der ich den Namen So-Etwas gegeben habe, kolossal stark reagierte. Ultramännlich muteten sie jene Linien an, die so deutlich und tief und schön gezeichnet kein Kartenspieler oder Zuhälter oder Filmschauspieler der Welt haben konnte, wie dieser Berufstänzer und -raucher namens Arpád Ritter von M ... So erwachsen, wie dieser, war ihr noch kein Mann erschienen! Der lebte aus dem Koffer, der ja! Der verstand es, Zigaretten zu inhalieren, hundertundzwanzig Stück im Tag, der ja! Der hatte das Leben erfahren, dem war nichts weißzumachen, der langweilte sich ultramännlich durch Nachtlokale und Damenschlafzimmer hindurch, daß es eine Art hatte, der ja! So-Etwas verliebte sich also in Arpád; sie verging im Traum an den Linien, die seinen Mund flankierten; sie kam sich vor dem braunen Seim seines Blickes nicht mehr wie So-Etwas vor, sondern wie Gar-Nichts. Der herbe Zug um seinen Mund, ein Zug, der sich im Verlaufe der allnächtlichen Tanznacht steigerte zu dem krassesten Ausdruck fadesten Lebensekels, der je physiognomisch ausgedrückt ward, jener Zug hatte So-Etwas einfach vernichtet. Man sah es dem Kinde in ihrem von Straßsteinen überfunkelten, fleischfarbenen Seidenkleid, das ihr äußeren Halt gab, nicht an, wie es erschmolz in den Flammen einer verzehrenden Begierde nach ihm, dem tanzenden und rauchenden Ultramann, Arpád Ritter von M ...

Dies war vorauszuschicken, bevor wir von Frau Mae R. hören und von der sonderbaren Soirée, die sie geben sollte, ohne sich an ihr persönlich zu beteiligen.

10

Wo geraten wir hin? Wo geraten wir hin?, frage ich. Wo bleibt Lord Henry und das zärtliche Ufer, dessen ich kurz erwähnte? Ich berichtige hiermit, daß Tobby, der Matrose, Punch der Exzentrikclown, Siegi, der angehende (und längst nicht mehr angehende) Generaldirektor der Schuhoberteilfabrik, und endlich Tino, der neapolitanische Straßensänger, daß alle diese in der Tat zwar an zärtliche Ufer gelandet waren, nicht aber auch Henry, dessen Herz noch frei wie ein uferloses Meer seine Zärtlichkeit vergeuden konnte an Licht und Luft und den unermeßlichen, winddurchwühlten Raum. Ach ja, wie ein uferloses Meer. Eine melancholische Feststellung das: wer das Meer zum erstenmal sieht, sieht es eben dort, wo sogar das Meer, das uferloseste Meer, das weiteste Meer, ans Ufer schlägt, dort, wo es in all seiner Unermeßlichkeit eben doch nur endet, wo es, nicht anders als ein Teich, an einem Uferstrich seine Begrenzung, sein Ende findet. Er sieht gewissermaßen zuerst die Achillesferse des Meeres, das Ende der Unendlichkeit. Hier bitte, an diesem Strich, hat sich's ausozeant … Die Flut verschiebt den Strich ein wenig, alle sechs Stunden, aber die Landkarte verzeichnet das gar nicht. Das ist eine Geringfügigkeit. Aber in der Tatsache von Ebbe und Flut spricht sich die grollende Unzufriedenheit des Meeres aus, weil es in all seiner Ewigkeit zähneknirschend an die Endlichkeit gefesselt ist, hier, gerade hier, wo die grandiose Fläche, vor unseren Augen, ans Ufer schellt, um zu zerschellen. Die Ufer, tragische Grenzen, sind das Ehebett der großen Freiheit. Hier bricht sich die Leidenschaft und wird legitim. Der Deutsche preist diese selbstgewählten Fesseln des freien Geistes, Selbstbeschränkung ist ihm eine Art Landrattenideal der Seele. Goethes Weisheit gipfelt wohl in solchen Gedanken, und die vielbewunderte klassische Harmonie der Persönlichkeit ist hier verankert oder besser: verwurzelt; denn das Ufer, nicht wahr?, das Festland ist die Heimat, nicht das Meer. Wie oft im Leben wird auch hier eine Art Zwang zur freien Wahl ausgeübt, der Antwort gibt auf die Kernfrage des Daseins. »Ich setze mir Grenzen«, sagt etwa ein solches Meer, »und so erst bin ich in Wahrheit frei, von Ufern umschlossen.« Nun, es gibt Brandungen, die einem heftigen Ehekonflikt eher gleichen als dem stillen Hafen der Ehe, und das Meer rüttelt manchmal gewaltig an der bürgerlichen Fessel, wie ja allbekannt ist. In manchen Fällen, wo seine Unzufriedenheit sich zu wilden Kraftexzessen gesteigert hat, die schrecklich anzusehen sind, hat es sie auch schon gesprengt …

Wieder ein Kapitel, in welchem unsere Erzählung keine Fortschritte macht? Aber doch, man verzeihe mir, wenn ich widerspreche; die Erzählung macht Fortschritte. Unterirdisch, bitte sehr, sind sie deutlich wahrnehmbar. Oberirdisch, zugegeben, bin ich vieles schuldig geblieben. Ich werde versuchen, alles nachzuholen und nicht mehr abzuschweifen. Wiewohl – man verzeihe abermals – das Abschweifen oft seine Reize hat. Produktive Reize, die der Sache selbst nicht abträglich sind; die sie, im Gegenteil, wie mir scheinen mag, manchmal zu fördern vermögen …

11

In einer Seitenstraße des Boulevard Montparnasse, in dem zu ebener Erde gelegenen kleinen Bureau des kleinen Hotels, schrillte das Telephon auf. Monsieur Lambert meldete sich als sein Hotel; er konnte das ruhig tun; denn er war nicht nur alleiniger Inhaber des Häuschens, sondern auch, wenn man von Madame absehen darf, sein einziger Repräsentant. Ohne ungalant zu sein: von Madame darf man absehen, so gut sie auch kochte. Sie war nichts als ein Appendix des Küchenherdes, undenkbar ohne diesen, auch an Sonntagnachmittagen ihm verbunden durch ein unsichtbares, zähes, lebenslänglich unlösbares Band. Wenn wir ihrer bedürfen, werde ich nicht versäumen, aus der Konstruktion des Herdes ihr Innenleben abzuleiten; denn – Hand aufs Ofentürl –: die Identität war unabweisbar evident. Monsieur Lambert seinerseits fühlte sich als Taubenschlag, als ein hübsches, ganz komfortables Taubenschlagerl: oben wohnten rechts die Jazz-Band-Boys, links die Dancing-Girls, gewissermaßen in seinem Brustkasten, die Damen zur Linken, wie es sich gehört, in der Herzgegend, die Herren rechts. Darüber, in seinem Gehirnkasten also, um bei unserem Vergleich zu bleiben, gleich unter der Glatze, hauste ein fremdländischer Herr im Dachbodenatelier, mit Ober- und Südlicht (siehe auch hier: die Glatze). Unten – in der Magen- und Unterleibsgegend – war sonach der Speisesaal, Küche und Vorratskammer; sichtlich litt der Patient keineswegs an Magenerweiterung; nein, der Speisesaal glich eher einer verengten Speiseröhre als dem bequemen Magen des normalen Bürgers. Dann gab es, hinter der Küche, geheime Räume, von denen der Fremde sich keine Vorstellung machen konnte; denn er bekam sie nie zu sehen, und ich glaube: sogar für Röntgenaugen war der Winkel, der die eheliche Privatwohnung des Paares Lambert einschloß, undurchdringlich dunkel vor Garderoben, Kommoden, dicht behängten Kleiderhaken und Wäschekisten.

»Die Herren schlafen noch, ich bedauere, vor elf Uhr dürfen die Herren keinesfalls gestört werden. Nein, leider, wirklich nicht, auch von keinem Herrn von der Zeitung, mein Herr, es ist ausgeschlossen. Sie wünschen, bitte? Gewiß, nach elf, ich werde es bestellen. Hallo, mein Herr, ein Wort noch, bitte. Nicht vor elf, nicht wahr? Nach elf, wenn ich bitten darf, keinesfalls früher! Danke, mein Herr, guten Tag.«

Monsieur Lambert legte eben den Apparat aus der Hand, als Lord Henry eintrat, frisch rasiert, in den weichen, breiten, hellgrauen Wollanzug gekleidet, die Uniform von »Lord Punch's Jazz-Band-Boys«.

»Sie werden interviewt werden, Monsieur Henry. In einer Stunde wird ein Herr vom ›New York Herald‹ hier sein, nicht früher.«

»Danke, Monsieur Lambert. Haben Sie Post für uns?«

»Hier, bitte, sechs Briefe und einige Postkarten für die Herrschaften, samt den Damen.«

»Danke. Nichts weiter?«

»Nichts weiter, Monsieur Henry.«

Henry blätterte die Post durch, tat sie in die Rocktasche und trat, blinzelnd in den sonnigen Tag, auf die Straße. Er schlenderte zur nächsten Ecke, kaufte den Tagesvorrat englischer Zigaretten ein und schlenderte zurück ins Hotel. Aber in der Tür kehrte er nochmals um und überquerte die Straße. Er betrat einen kleinen Blumenladen und kaufte: fünf gleich große Buschen Mimosen, außerdem drei dicke, rote Pfingstrosen. Alles für die Insassen des Hotels Lambert, wie aus seinem Auftrag an die Verkäuferin hervorging. Ja, Mademoiselle möchte alles in einer halben Stunde drüben abgeben, wie immer: die Mimosen oben, links, die Pfingstrosen unten, hinter der Küche. Danke, Mademoiselle. Danke, Monsieur, guten Tag …

Die Post enthielt Zeitungslob in einigen Ausschnitten, mehrere Briefe von Pariser und ausländischen Agenturen, Musikverlegern, Schneidern, Privatbriefe, von Herren für die Damen und von Damen für die Herren des Ensembles bestimmt. Ein Bankausweis war dabei, der die Übertragung eines Frankenguthabens in Pfund Sterling enthielt, die Rechnung eines Photographen und das Aviso einer Musikinstrumentensendung aus Graslitz in Böhmen, der Heimat des Herrn August Wilhelm Sachs, Erfinder des Saxophons.

Monsieur Henry hatte sich mit den Briefen in sein improvisiertes Bureau begeben: das befand sich stets am Vormittag am Kopfende des schmalen Tisches, in der Speiseröhre, gleich am Fenster. Am Fensterbord, hinter dem Windschützer, einer zwar verschlissenen, aber schön bestickten Decke, lag das Schreibzeug samt Schreibblock. Henry etablierte sich und begann die Arbeit damit, daß er die erste Zigarette des Tages anzündete. Dann setzte er einige Telegramme und zwei Briefe auf.

Der Taubenschlag im rechten Brustkasten des kleinen Hausherrn bestand aus zwei Räumen: einem Schlafsaal mit zwei Betten (Henry, Punch), einem Diwan (Tino), einem Kleiderschrank (Siegi) und einer Hängematte (Tobby natürlich); einem Turnzimmer, in dem außer Duschen, einer Badewanne, einem Podium absurderweise auch noch ein Klavier stand. Es ist zu bemerken, daß die Balkontür des Schlafsaales noch nie geschlossen war, weder des Tags noch Nachts, nicht im Herbst oder Winter, und natürlich noch viel weniger in dem eben beginnenden Frühling; kurz – seitdem das Appartement von Lord Punch's berühmter Kapelle gemietet war. Der Schlafsaal war, nun, nicht eben ein Muster von Ordnung. Die Hängematte und ein paar Koffer und Musikinstrumente auf, unter und über den Betten, der offene Kleiderschrank mit einer Matratze auf seinem Fußboden, Schlafröcke, weiße Tennishosen, Seidenhemden, Pumps, Bücher, Stöcke, Brillen, es lag da vieles durcheinander. Alles zusammen ließ, zumindest auf den ersten Blick, an Etappenunterstände oder dergleichen denken, an Blockhäuser im Urwald oder Kajüten auf hoher See.

Anders links, der Taubenschlag im Brustkasten in der Gegend des Herzens von Monsieur Lambert; da standen fünf allerliebste Messingbetten, da blitzte alles von weißer Bettwäsche und hellblauen Seidendecken, da sah's aus wie in einem Kinderzimmer, das die Bonne musterhaft betreut: alles lag an seinem Platz, auf jedem Nachtkästchen stand eine Vase mit Rosen oder Mimosen und ein kleiner Rahmen mit einer Photographie darin. Sogar der kleine Waschraum, nebenan, an der Hinterwand, wirkte noch nach der Morgentoilette der fünf jungen Damen, die hier wohnten, frisch und sauber in seinem rosa und weiß gestreiften Ölanstrich, mit den Spitzengardinen an Fenster und Tür und dem blitzsauberen, großen Spiegel.

Was den Spiegel anlangt, so ist zu sagen, daß er einen Lebensberuf hatte, mit dem er seit etwa einem halben Jahre höchlichst zufrieden sein konnte. Er war es auch in der Tat. In welchem Grade er es war, das werde ich noch, bei günstiger Gelegenheit, zu berichten haben. Jetzt sei nur erwähnt, daß er sich vor Behagen und Lebensfreude letzter Zeit so bedenklich streckte, daß der vergoldete Rahmen oft in allen vier Ecken knackend dagegen protestierte, so unanständig bedrängt zu werden, jetzt nach fünfzig Jahren einer öden, aber ruhigen Kompanie, in der man oft schon gemeinsam lebensüberdrüssig geworden war vor Abscheu und Langeweile. Denn was hatte man in einem halben Jahrhundert an Hotelhistorie nicht alles zu sehen bekommen! Nach so trostloser Vergangenheit auf hundert Scheusäler war, wenn's hoch kam, ein erträgliches Menschengesicht gefallen, nun diese Wandlung! Er, der Spiegel, konnte sich ihrer noch frohen Glanzes freuen. Nicht mehr der stumpfe Rahmen; er begriff nicht, was die Freude an seinem tristen Lebensabend eigentlich noch wollte; er begriff nicht, wie die Zeit sich gewandelt hatte; das waren Babys, keine Frauen, knarrte er, die den alten Spiegel jetzt so verrückt machten, zum Teufel; Kinder mit kurzen Locken, mager wie die Besenbinderrangen, man wußte nicht: waren es Mädchen oder Knaben, Schulkinder oder Dirnenrangen, zum Teufel, die den alten Sünder von einem Spiegel so schamlos provozierten?! Der Rahmen hatte längst beschlossen, es noch auf seine alten Tage mit dem lodernden Kompagnon zum Bruch kommen zu lassen. Nur fort von hier, lieber in den Antiquitätenladen oder, hol's der Teufel, zur Feuerbestattung in Madame Lamberts Küchenherd! So unlustig des Lebens wird man, wenn man die Welt nicht mehr versteht und keine Freude am Schönen findet.

Baby, Dolly, Winnie, Peggy und Bully: sie alle waren schuld an jenem Konflikt im Waschraum. So unschuldig-schuldig das Leben lebend, wie sie es lebten, erfüllten sie die alte Aufgabe, die die Natur der Frau gestellt hat, erfüllten sie, gehorsam dem Gesetze der modischen Stunde und gehorsam dem Gesetze jener Stunde, der keine Zeit die Stunde schlägt, dem Gesetze der anderen Stunde, unausgezählten Stunde des großen Einerleis …

»Wenn Sie noch mehr wissen wollen, Mr. Hennings, wie Lord Punch's Jazzband zusammengekommen ist und so weiter, dann lesen Sie die Geschichte in dem Jazz-Roman von Hans Janowitz nach, Mr. Hennings, im fünften Kapitel, wenn ich nicht irre. Wenn Sie aber wissen wollen, wie wir zu unseren jungen Damen gekommen sind, so muß ich Ihnen das wohl noch sagen; denn davon steht bis jetzt nichts in dem Roman.«

Und Mr. Henry, auf Wunsch des Interviewers Mr. Hennings, einem Mann mit scharfem Blick hinter der Hornbrille, hub zu erzählen an:

»Es gibt eine Stunde zwischen Nacht und Tag, bevor der Morgen graut und die Gespenster des Tages die letzten Schleier der Nacht eben verscheuchen, das ist die Stunde der Herumtreiber, Sie wissen: jener, die sich umhertreiben müssen, Wächter über dem Asphalt aller großen Städte, Dichter, Dirnen und Diebe … Es ist die Stunde, zu der in aller Welt die Jazz-Band-Boys durch schauerlich stille oder eben grausig sich belebende Straßen aus den verlassenen Lokalen in ihre meist entfernten Quartiere ziehen … Ich möchte diese mir vertraute Stunde als die Stunde des emporzuschlagenden Mantelkragens ansprechen, wenn Ihnen der Zwittercharakter dieser Stunde dadurch deutlicher würde, Mr. Hennings.«

»Tun Sie das, mein Herr, wenn es Ihnen beliebt. Bitte, weiter, ich horche.«

»Sie kennen die Hallen um diese Stunde? Die Zwiebelsuppe, soupe à l'oignon, bien gratinée, au père tranquil – ?«

»Ich bin glücklich, ja sagen zu können, mein Herr. Ich kenne das.«

»Sehr erfreut, Ihre Bekanntschaft zu machen, Mr. Hennings!« Sie schüttelten einander herzlich die Hand.

»Ich kann nun über einige wesentliche Punkte rascher hinweggehen, Mr. Hennings, da Ihnen das Milieu vertraut ist, aus welchem meine Geschichte sich eigentlich ereignet hat.«

»Das können Sie, gewiß können Sie das, Mr. Henry. Ich bin bereit, zur Zwiebelsuppe im ›Père tranquil‹ selbst ein Kompendium zu verfassen.«

»Sehr erfreut, sehr erfreut, das zu hören, Mr. Hennings! Henry erhob sich, sie schüttelten einander nochmals herzlich die Hand.

»Sie erleichtern mir in der Tat die Aufgabe, die Sie mir gestellt haben, ganz wesentlich, Mr. Hennings. Denn Sie werden verstehen, daß ich mich bei der Zwiebelsuppe des ›Père tranquil‹ eine kleine Weile hätte aufhalten müssen, wenn Sie nicht so zuvorkommend gewesen wären, diesen Wundertopf des Geschmacks selbst schon gewürdigt zu haben.«

»Was hat die Zwiebelsuppe vom ›Père tranquil‹ mit den Jazz-Girls zu tun? Wollen Sie mir das erklären? «

»Jene Zwiebelsuppe hatten wir im Magen, müssen Sie wissen, als wir um sieben Uhr morgens heimwärts schlichen, mit unseren Instrumenten unter dem Arm, durch die Rue St. Honoré. Wir hatten die Nacht über, wie gewöhnlich, Musik gemacht, und waren nun von jener Schläfrigkeit erfüllt, die von der Zwiebelsuppe in unserem Magen so wundersam gemildert wird –«

»Wem sagen Sie das?!« unterbrach ihn der Interviewer. »Halten Sie sich nicht auf, bitte, ich höre.«

»Die Scheuerleute waren überall in den Läden an der Arbeit, Glasscheiben und Fußböden blank zu machen, auf daß auch dem Schmutz des neuen Tages sein separater Platz an der Sonne werde. Eine melancholische Beschäftigung das, glauben Sie mir, die Philosophen züchten müßte. Nun, die großen Auslagefenster eines großen Modehauses wurden eben noch geputzt, dahinter aber, hinter den bewässerten Scheiben, sah man schon die undeutlichen Konturen von etwas sehr Entzückendem. Unser Mr. Siegi war der Entdecker gewesen. ›Wenn das nicht die Beine von Bully sind, das dritte Beinpaar von rechts, dann will ich Symphonien dirigieren‹, hatte er gesagt. Fünf Beinpaare saßen also da in der Auslage und langweilten sich; man sah geradezu, wie sie gähnten und den Morgenschlaf entbehrten. Der ist unserer Generation so unentbehrlich, wie es unseren Vätern der gepriesene Schlaf vor Mitternacht war; nicht wahr? Sie pflichten mir bei, Mr. Hennings?«

»Goldene Worte, Mr. Henry! Ich werde mir erlauben, diese treffende Bemerkung gesperrt setzen zu lassen.«

»Der feuchte Schleier, der noch die Glasscheiben blind machte, rieselte herab und ward fortgewischt; er schmolz dahin, mehr unter der Kraft unserer Blicke, meine ich, als unter dem Lappen des teilnahmslos besoffenen Fensterputzers. Da prangten nun die fünf Beinpaare, die inzwischen ungezähltemal photographiert, gefilmt, gemalt und nun sogar in Marmor nachgebildet wurden und Weltberühmtheit erlangt haben, und räkelten sich unentdeckt in der Morgensonne. Eine Probe? Eine Probe des Reklamechefs mit seinen neu akquirierten Strumpfmannequins … Die Passanten blieben stehen, die

Menge mehrte sich. Man lachte, man veranlaßte uns zu einem verhängnisvollen Straßenkonzert. Ich will nicht zu schildern versuchen, wie unsere Jazzmusik einschlug. Die Passanten tanzten, die fünf Beinpaare konnten nicht länger widerstehen, bald riß der Rhythmus sie mit. Die Zuschauer tobten, rasten, klatschten, die Polizei schritt ein als es zu spät war. Die Fensterscheibe war unter dem Andrang in Trümmer gegangen; es gab einen abscheulichen Tumult. Die fünf Strumpfmannequins wurden auf die Stunde entlassen. Siegi brachte seine weinende Bully vom Hintereingang des Warenhauses, wo er sie, schuldbewußt, erwartet hatte, zu uns, mit samt ihren vier Leidensgenossinnen. Wir nahmen uns der jungen Damen an. Sie sehen ein: es war einfach unsere Pflicht, sie groß zu machen, nicht wahr? denn wir hatten all ihr Elend verschuldet … Ich darf sie über das Schicksal der Unglücklichen beruhigen, Mr. Hennings? … Folgen Sie mir in unseren Probesaal, bitte. Eine Treppe höher, wenn ich bitten darf, rechts.«

Im Turnzimmer konnte man jene fünf Beinpaare, die unsere Jazz-Boys als Trophäen von ihrem morgendlichen Straßenkonzert damals mitgebracht hatten, an der Arbeit sehen. Die Girls turnten mit Bravour, die noch übertroffen wurde von dem Ausdruck einer, für Reporter, wie Mr. Hennings einer war, übrigens unbegreiflichen, grenzenlosen Lebenslust … Sollen wir noch wiedergeben, wie sie, alle fünf Girls, dem Herrn von der Zeitung Rede und Antwort standen? Können wir Lachen und Mienen und Bewegungen, Gesten und Linien junger Mädchenkörper wiedergeben? Ich will mich darauf an dieser Stelle nicht mehr einlassen. Ich bin dort angelangt, wo der Leser seine Phantasie ankurbeln soll, um den Film laufen zu lassen, den unsere Gestalten, wenn sie ihm gefallen und wenn sie ihn unterhalten, ihm selber vorspielen werden. Hallo, Baby, hallo, Dolly, Winnie, Peggy und Bully! Licht, Jupiterlampen, Scheinwerfer, Aufnahme – los!

Die Kohlenstifte summen, der Kameramann dreht in deinem Kopf, Leser … der Film rollt. Achte jetzt auf Baby, bitte, sieh, wie sie die großen, blauen, splitternden Puppenaugen auf dich richtet! – Großaufnahme! Los! Was siehst du darin? Heiterkeit? Nicht auch ein wenig Trauer? Wie? Leid? Herzensleid? Sieh sie nur näher an, tiefer hinein in diese süßen Augen, die jetzt verschwommen werden, wirklich verschwommen, ganz wie jene Fensterscheiben an jenem Morgen, bevor die Blicke der fünf Boys und der Lappen jenes besoffenen Putzers sie klar machten. Eine große Träne? Baby weint? Weint wirklich? Ob der Blick eines unserer fünf Boys diese Tränen nicht rasch versiegen machen könnte? Er könnte es, glaubt mir, er könnte es! Aber Henrys Blick lag nicht in dem blauen Puppenauge der kleinen Tänzerin Baby. Henrys Blick lag in Erinnerungen, weit hinten, fern von Paris, viele Monate zurück, hinter dem Kanal, in einem D-Zug, der an einem trüben Nachmittag einst quer durch Old-England nach London gefahren kam. Die verhängnisvolle Stunde, die Henry damals und dort erlebt hatte, war immer noch der Pol seiner Gedanken. »Ein Geschöpf von apartem Reiz … ein mondänes Wesen … ein amüsantes, drolliges, launisches Femininum … eine von hysterischen Kräften zur äußersten Süße widerspenstigen Geistes weise genährte Schönheit …«

Nun, der Londoner Nebel, in dem Lady Mae lebte, war seit jener Begegnung oft telepathischen Wellen ausgesetzt, die es mit den Radiowellen vom Eiffelturm wohl aufzunehmen vermochten. Sie kamen aus derselben Richtung. Was aber den Empfangsapparat anlangt, so wollen wir im nächsten Kapitel endlich deutlich sagen, ob er richtig eingestellt war und ob mit ihm überhaupt alles in Ordnung war, wie es sich für einen leistungsfähigen, von den Wellen aller Welt angesprochenen Empfangsapparat in England gehört.

12

Wir kommen nun zu der bereits angekündigten Geschichte jener Soirée bei Madame Mae R., einer Soirée, die das Pech hatte, zweimal abgesagt zu werden und endlich unter persönlicher Abwesenheit der Dame des Hauses stattzufinden.

Die erste Absage, vor drei Wochen, hatte eine ernste Ursache gehabt. Madame hatte den Kopf voller Sorgen: Tuckie, ihr chinesisches Hündchen, war ernsthaft erkrankt, der Arzt hatte einen kariösen Zahn festgestellt, und man entschloß sich zu einer Goldplombe. Der arme Tuckie klagte winselnd die ganze Welt an, und Madame jammerte sein Schmerz so, daß sie drei Tage lang alle Gesellschaft mied. Am vierten Tage hatte sich Tuckie an die Goldplombe gewöhnt. Madame begann sich der Welt wieder zu widmen. Die geplante Soirée mußte aber leider ein zweites Mal abgesagt werden: ob die Ursache zu dieser Absage so ernst war wie die erste, das zu beurteilen mag dem Leser überlassen bleiben. Ich glaube es nicht; denn ich meine, Madame Mae R. besser zu kennen. Ihr Schmerz und Mitleid mit Tuckie war echt und groß. Ihre Angst vor einem Narren – dies die Ursache zu der zweiten Absage – war minder echt und minder groß. Diese zweite Absage hatte darum auch sie nicht verschuldet, im Gegenteil, ihr war nur mißglückt sie zu verhindern. Die Absage ging von ihrem Gatten aus, und eigentlich nicht von ihm selbst, sondern von seinem Freund und Anwalt Dr. Curel, der mit Narren keinen Spaß verstand und energisch durchsetzte, daß Mr. Douglas diesmal auf ihn und – ausnahmsweise – nicht allein auf Madame hörte. Denn Dr. Curel, der für seine Freunde, wenn es sein mußte, eine schlechtweg heftige Fürsorge entfalten konnte, erklärte damals rundweg Madame Mae für närrisch, für unverantwortlich. Mr. Douglas gehorchte dem Freunde, rief am Tage vor der Soirée alle Eingeladenen an, und sagte ab. Einen Uneingeladenen aber, der trotzdem erwartet werden mußte, rief er nicht an; es war jener Narr, der, uneingeladen, sein Erscheinen bei der Soirée angekündigt hatte. Statt des Anrufs stattete ihm Dr. Curel einen kurzen Besuch in seinem Boardinghouse ab. Ein befreundeter Polizeikommissar hatte den Rechtsanwalt auf diesem Wege begleitet. Tags darauf war in jenem Boardinghouse ein freies Zimmer zu vermieten. Ein Russe, der es bis dahin bewohnt hatte, hieß es, hatte es Hals über Kopf verlassen. Dr. Curel hatte aber zu seinem Schmerze nicht in Erfahrung bringen können, ob der Russe in London geblieben war oder wohin er sich gewendet hatte. Im Boardinghouse wußte man nur, daß der asiatische Hüne, der sich mit einem zweifelhaften Russenpasse ausgewiesen hatte, mit einem Taxi fortgefahren war, und daß er oft von Paris gesprochen hatte. Er hatte keine Schulden zurückgelassen, nur, nebst einem verwirrenden Eindruck, einen leichten Ulster, dessen linker Ärmel erstaunlicherweise zerrissen war, überdies eine Handzeichnung in der Tischschublade: das Blatt stellte einen Akt dar. Eine nackte Frau, auf einer Bahre liegend. Übrigens eine Skizze, die zwar flüchtig, gewiß aber begabt gemacht schien. Dr. Curel besah das Blatt lange und bat es sich von der Pensionsdame aus. »Irre zeichnen oft gut«, war seine Meinung. »Die Sache würde in einer Ausstellung von Bildern Verrückter gewiß interessieren.« Eine Bemerkung, die die Pensionsdame mit einem Achselzucken erwiderte; denn schließlich hatte der Irre seine Rechnung auf Schilling und Penny bezahlt – und mochte er auch bei Tag schlafen und bei Nacht wachen – es gab niemandem in dem Boardinghouse, dem er gefährlich geworden oder auch nur irre erschienen wäre.

Die Soirée der Madame Mae R. fand nun endlich doch statt, unglücklicherweise aber gerade zu der Stunde, in der Madame das Haus im Reisekostüm verlassen hatte. Es war nicht nötig, diese Abreise gleich so scharf zu kritisieren, wie Mr. Douglas es tat. Als die Gäste in dem Empfangssalon – ein entzückendes Renaissancezimmer übrigens – versammelt waren, trat ihnen der Hausherr mit charmantem Gelächter entgegen: »Entschuldigen Sie, aber Madame ist soeben durchgegangen!« Es war vielleicht nicht nötig, dieses scharfe Wort für Madames Abreise zu gebrauchen. Tatsache aber war, daß sie ohne Abschied, mit kleinem Gepäck, zur Bahn gefahren war. In ihrem Ankleidezimmer lag die neue Abendtoilette auf dem Fußboden. Die Zofe berichtete, Madame habe plötzlich, nachdem sie ihre Toilette für den Abend schon vollständig und in gewohnter Sorgfalt beendet hatte, umdisponiert, das Reisekostüm verlangt, habe in fünf Minuten gepackt, einen Zettel für ihren Gatten hinterlassen und sei fortgefahren. Das Auto sei noch nicht zurück. Der Zettel enthielt nur wenige Worte: »Nein, Doug! Nein! Unmöglich! – Wo bin ich? Adieu!«

Mr. Douglas erzählte, der Lautsprecher habe ihm eben noch eine Tanzmusik entgegengejazzt, da er das Zimmer seiner Gattin, wenige Minuten nach ihrer Flucht, betreten hatte. Dr. Curel, der natürlich unter den Gästen war, entfernte sich hierauf leise. Er war ungezogen genug, Madames diskretes Ankleidezimmer uneingeladen zu betreten. Ja, da lag die neue Abendtoilette silbergleißend am Boden. Auf dem Secrétaire lag jener Zettel; Dr. Curel prüfte ihn; es war ihre Handschrift. Daneben das Radiojournal. Dr. Curel las die Wellenlänge von dem Apparat ab: Aha, Paris? Paris … 21 Uhr 15 Minuten? »Lord Punch's Jazz-Band-Boys, Château d'Or.«

»Sie hat direkten Anschluß in Newhaven über Dieppe«, sagte er, in die Gesellschaft zurückgekehrt, zu dem verlassenen Gatten, der dabei war, seine Gäste zu unterhalten und zum Bleiben zu animieren. Mr. Douglas sah ihn an, die Lippen eben zum Sprechen geöffnet, mit verstärktem Lachen.

»Madame ist morgen früh, fünf Uhr fünfundzwanzig Minuten in Paris«, behauptete fest und kühl Mr. Curel.

Jetzt lachte Mr. Douglas nicht mehr. »Sind Sie dessen sicher, daß sie nicht anderswohin fuhr?«

»Ganz sicher, Mr. Douglas.«

Der Hausherr entschuldigte sich bei seinen Gästen. Diese Mitteilung hatte wohl eine Bedeutung für Mr. Douglas und Dr. Curel, von der die Gäste nichts ahnen konnten. Aus dem Nebenzimmer rief der Hausherr ein Hotel an und ließ sich mit dem Verkehrsbureau verbinden:

»Zwei Plätze im Flugzeug für morgen zeitlich früh nach Paris, wenn ich bitten darf. Wie? Alles besetzt? Dann beschaffen Sie bitte ein Flugzeug für mich. Ganz recht, Douglas R. hier. Wann? Acht Uhr? Dreißig später? Ganz recht. Danke.«

Hierauf konnte die Soirée stattfinden, leider ohne Madame. Wie man seine Hausfrauenpflichten nur so vernachlässigen kann! Unter den Gästen herrschte denn auch, insgeheim, untereinander, Mr. Douglas und sein Freund Dr. Curel durften es natürlich nicht hören, eine einzige Stimme der Verurteilung für den neuesten Unfug von Madame Mae. Den neuesten? Wir werden sehen, ob der nicht schon wieder überholt war.

13

An dem gleichen Abend, um die Zeit, da die ersten Gäste des Mr. Douglas R. sich verabschiedeten, also etwa kurz vor Mitternacht, spielte sich in demselben Wohnviertel, gar nicht weit entfernt von dem Hause des Mr. Douglas R., ein recht gewöhnliches Ereignis ab: von einem Besuch aus dem vierten Stock eines Miethauses kommend, betrat ein junger Mann die Straße, sah sich rechts und links um, zündete eine Zigarette an und suchte hierauf den Weg zur nächsten Autobusstation. Der junge Mann hatte sich im Weg geirrt, er ging verkehrt. An der nächsten Straßenkreuzung schien er den Irrtum zu merken. Um den Rückweg abzukürzen, schlug er eine Seitenstraße ein. Plötzlich fand er sich an einer dunklen Ecke, er stand wiederum an einer Straßenkreuzung, aber die lag irgendwo seitab, die Häuser kannte er nicht; er war nochmals verkehrt gegangen. Die Straßentafeln lagen unbeleuchtet im Dunkeln. Nun wußte er gar nicht mehr, in welcher Richtung er zu gehen hatte. Er stand unschlüssig, als ihm, vom Bord des Trottoirs, jemand entgegenkam. Der junge Mann sah in dem fahlen Licht einer allzu fernen Laterne wenige Schritte vor sich eine Gestalt ohne Ulster, einen runden, harten Hut auf dem Kopf, die Shagpfeife im Mund. Wie? Ein graziöser Athlet?, dachte der junge Mann, denn die Gestalt hatte schmale Hüften und sehr breite Schultern. In diesem Augenblick kamen sie dicht aneinander vorbei, wendeten sich einander plötzlich zu, und beide riefen aus: »Wie? Sie sind's?«!

Es war also eine jener Begegnungen von Bekannten, über die die Beteiligten immer in ein großes Staunen geraten, wiewohl es doch ein recht gewöhnliches Ereignis ist, das wir alle kennen, wenn man sich so plötzlich unerwartet irgendwo trifft; ein verhältnismäßig häufig beobachtetes, allen vertrautes Ereignis. Ungewöhnlich also an der Begegnung war nicht so sehr die Tatsache, daß zwei Bekannte in einer Millionenstadt einander plötzlich bei Nacht und Nebel in irgendeiner unbekannten Gasse gegenüberstanden, als viel mehr der Umstand, daß die beiden einander, unheimlicherweise, gar nicht einmal kannten. Tatsächlich: es wußte einer den Namen des anderen nicht. Zwar erinnerte sich der junge Mann, daß der andere in einem schlechten, nachts heimlich geöffneten, verrufenen Lokal an der Bar einst als »Mr. Astragalus« angesprochen worden war; aber erstens war es der Mixer oder der

Wirt gewesen, der diesen Namen gebraucht hatte, ein Barname natürlich, ein Deckname für Lokale dieses Ranges; zweitens aber: das war doch überhaupt kein Name, Mr. Astragalus. Was hieß das denn überhaupt? Mr. Würfel? Wer wußte das?

Die beiden hatten ein Geheimnis zusammen, und das war wirklich ungewöhnlich; sie kannten einander nicht, und trafen einander immer wieder; keiner von ihnen wußte zu sagen: wann? keiner: wo?

Die Zeitabstände, da sie einander trafen, waren ganz verschieden. Das eine Mal geschah es häufig, vielleicht einige Male in einem Vierteljahre, dann vergingen viele Monate, ja, mehr als ein Jahr, bevor sie einander wieder trafen.

Unheimlich, daß keiner von beiden die Frage nach dem Wer des anderen hätte beantworten können, wenn ein Dritter sie ihm gestellt haben würde. Bei ihren Zusammenkünften gab es aber keinen Dritten. Niemals. Zeugen ihrer Gespräche waren nächtliche, verlassene Straßen mit ihren Laternen und Bogenlampen; abseitige, schlechte, nächtliche Lokale, und nicht einmal mehr deren anonyme Besucher; denn die beiden saßen, wenn irgend möglich, abseits; Zeugen waren ferner ein paar Flaschen roter Burgunder und Schwedenpunsch und viele Flaschen Bier gewesen.

»Wir haben uns im Herbst zuletzt gesehen, irre ich nicht, im Herbst vor einem Jahr?«

»Ja, so lange mag das wohl her sein.«

»Ich war auf Reisen, viel fort, immer wieder fort. Und Sie auch?«

»Auch, dann und wann.«

»Ich habe Sie gesucht, aber wenn man Sie sucht, findet man Sie ja nie. Ich bin sehr froh, wirklich froh, Sie wieder einmal zu treffen!«

Die beiden pflegten einander nicht zu sagen, von wo sie eben kamen; sie pflegten einander nie darüber zu befragen.

Ich möchte nicht behaupten, daß sie zu gut erzogen waren, um neugierige Fragen einer an den anderen zu richten; denn das könnte die Vermutung wecken, daß ich ironisch spräche und sie etwa nicht gut erzogen waren, was ich gar nicht entfernt behaupten will, da ich tatsächlich eher von dem Gegenteil überzeugt bin. Womit ich aber wiederum nicht zu weit gehen und besonders keinen Hinweis auf die guten Früchte dieser Erziehung machen möchte; denn damit würde ich meiner eigenen Überzeugung sehr lebhaft widersprechen.

»Unsere Begegnungen haben Tradition, der wir einiges schuldig sind. Ich hoffe, Sie haben Zeit und sind sich dessen eingedenk?«

»Gewiß bin ich das. Ich habe auch Zeit. Wie ist Ihre Laune? Was meinen Sie?«

»Wir haben eine lange Pause gemacht. Ich muß sagen, ich fände einen alten Burgunder für angemessen. Wir werden uns einiges zu sagen haben … . Kommen Sie, ich weiß da eine neue Bar, drüben, in ›unserem‹ Viertel. Wenn es Ihnen angenehm ist, so gehen wir dahin.«

»Gerne.«

Es war ein Weg von dreiviertel Stunden. Zu den Traditionen dieser fragwürdigen Begegnungen schien auch ein solches Zu-Fuß-Gehen zu gehören. Autobusse und Taxis waren für die anderen. Auf diesem Wege wurde sehr wenig gesprochen. Mr. Astragalus entschuldigte sich, er bedürfe heute mehr als sonst einer Flasche Burgunder. Ihm war etwas mißglückt, das komme vor, aber er fühle sich ganz gestört davon … In den Straßen von Soho nahm der junge Mann ein aufgeregtes, unruhiges Wesen an. Seine Blicke schweiften wie die eines Jagdhundes umher. An den schlechten Ecken, bei den dunklen Judengäßchen, suchte er mit einem unerklärlichen, fremden Verlangen die greulichen Gestalten ab, die hier herumlungerten. Es fehlte noch, daß er die Ecken beschnüffelte wie ein

Hund. Der andere, jener graziöse Athlet, Mr. Astragalus, sah niemanden an. Er hatte den abweisenden Blick jener, die niemand beachten, weil sie Grund haben, es vorzuziehen, auch ihrerseits nicht beachtet zu werden.

Bei der zweiten Flasche Burgunder verriet der Athlet in einer larmoyanten Anwandlung, daß er aus London ausgewiesen sei und morgen abreise. Er werde nach Paris gehen, dort ein Atelier mieten, malen und Klavier spielen. Er war also kein Athlet? Er war Maler? Jedenfalls begann er von Frauenhüften zu sprechen, aber, um es offen auszusprechen: war es, weil er zu viel getrunken hatte oder nicht darum, er sprach von Körperformen nicht wie ein Maler, eher wie ein Schlächter. Der junge Mann äugte inzwischen, immer suchend, die Stube ab, in der alle Tische besetzt waren von dem Kehricht der Straßenecken, um die der windige Besen Satans gefahren zu sein schien zu dieser Stunde. Wie ein Lumpensammler den Unrathaufen durchstöbert, so stöberte der Blick dieses zu Unrecht jungen Mannes die Bänke der Mädchen und ihrer Zuhälter ab in dieser Kneipe, durch deren Tür immer neuer Abfall einströmte, in Empfang genommen von Dunst und Rauch und von jenem sonderbar hungrigen, prüfenden Blick, der verwarf und verwarf und verurteilt schien, immer weiter zu suchen und zu verwerfen in Ewigkeit ...

Nach der zweiten temperierten Flasche Burgunder tranken die beiden eine Flasche eisgekühlten Schwedenpunsch. Mr. Astragalus führte enthusiastische Reden, in denen er seine Freundschaft zu dem jungen Manne pries, den er als hochbegabten Menschen schätzte. Beethoven und Michelangelo wurden in diesem Zusammenhang genannt. Endlich ging aber der athletische Enthusiast wieder zu Körperformen über, Formen, deren Schönheit sich nur im Widerstand, einzig im Widerstand, in ihrer Größe zeige. Vollendetsten Widerstandes seien nur hysterische Frauen fähig! Je hysterischer, desto vollendeter! Unbeugsamer Widerstand erst führe zur wahren Beugsamkeit, hier aber erst fange das Leben an, wieder genießbar zu sein, Genuß zu bereiten, hohen Genuß zu bereiten! Zu bereiten? Nein, nur Genuß zu versprechen, hol's der Teufel! Verdammt noch einmal, leeres Versprechen, neuerdings! ... Kalter Punsch ernüchtert. Noch eine Flasche? – Sie tranken noch eine. Danach eine Kanne schwarzen Kaffee. Mr. Astragalus hatte verschwommene Augen bekommen und versuchte sich darin, die Körperformen, wie sie ihm vorschwebten, auf die Papierserviette zu skizzieren. Übrigens eine Skizze, die zwar flüchtig, gewiß aber begabt gemacht schien. Die Blicke des jungen Mannes hatten inzwischen eine »dunkle Rast« gefunden, die ihnen für eine Weile genügte, die kurze Weile, in welcher der Erdball ein Stück weiterrollte in den neuen Tag, der eben langsam über Soho in London aufzugehen begann ... Nach Ablauf dieser Weile, die sich übrigens für den jungen Mann und die erwähnte »dunkle Rast« in einem beschämend schmutzigen Hotel abspielte, werden die unruhigen Augen jenes jungen Mannes, das steht leider fest, wieder ihren Wanderkurs fortsetzen müssen; denn dazu, so schien es, waren sie erbarmungslos verurteilt und getrieben. Verurteilt zu solchen Trieben, jeder zu den seinen, in verschiedener Art, aber jeder der Sträfling seines Triebes: so trafen sich diese beiden Insassen des irdischen Zuchthauses in dunklen Stunden, und so gingen sie wieder, nach einer Nacht der Kameradschaft, intim und fremd, auseinander ...

Dr. Curel, der jenen russischen Maler, der sich im Boardinghouse als Dr. Würfel gemeldet hatte, in manchen Lokalen aber, wie wir wissen, Mr. Astragalus genannt wurde, von Geheimpolizisten auch der Würfelmensch genannt, bis vor kurzem hatte beobachten lassen – von seiner oft schlechtweg heftigen Fürsorge für seine Freunde habe ich schon gesprochen –, hätte viel darum gegeben, aus dem Munde des jungen Mannes den Verlauf einer solchen Nacht zu erfahren. Aber wissen wir denn, ob Dr. Curel den jungen Mann überhaupt kannte? Und, gesetzt den Fall, daß er ihn kannte: er hätte schon hellsichtig sein müssen, um zu erraten, daß jener Dr. Würfel identisch war mit Astragalus, mit welchem der junge Mann zu so unverabredeten Zusammenkünften zusammenzukommen pflegte, zwei Freunde, die einer den Namen und die Adresse des anderen nicht einmal kannten. Höchst sonderbare Gentlemen das für Dr. Curel, die voneinander nichts wußten und miteinander in Soho verkehrten …

Und doch, und doch: der junge Mann war heute früh, trotz der durchwachten Nacht, der erste Klient in dem Rechtsanwaltsbureau des Dr. Curel, Russel Square Nr. 676.

Denn wenn Dr. Curel nicht immer hellsichtig war, wenn er es brauchte, so ist das Leben manchmal, in bevorzugten Fällen, bereit, solchem Mangel durch eigene Initiative abzuhelfen.

Im folgenden Kapitel sei hierfür ein krasses Beispiel angeführt; ein durch das Leben demnach gewiß besonders bevorzugter Fall.

14

»Ich möchte nur mit Dr. Curel persönlich sprechen.«

Der junge Mann wurde gemeldet und in das warm ausgelegte, elektrisch frisch-durchglühte Zimmer geführt, wo Dr. Curel hinter seinem Schreibtisch vor seinen Wandregalen saß und die Morgenpost öffnete.

»Ich bin dringend gebeten, Ihnen diesen Brief zu übermitteln.«

»Ich danke … ja … von wem kommen Sie, mein Herr?« Der junge Mann wies auf den Brief, und man konnte aus dieser

Geste vermuten, die Antwort auf jene Frage in dem Briefe zu finden. Dr. Curel öffnete das Kuvert – ein ganz billiges Geschäftskuvert übrigens –, entnahm ihm ein Blatt, das aus einem Schulheft herausgerissen zu sein schien und las eine an ihn gerichtete Aufschrift. Die Handschrift kannte oder erkannte er nicht. Er wendete also das Blatt um und las die Unterschrift:

Bibi Black
Zimmer 18
Hotel Falstaff … Soho.

Die Schreiberin schien er zu kennen, sein Blick verschärfte sich in der Erinnerung unter dem Augenglas. »Bibi Black – ist sie die schwarze Tänzerin aus der Negerrevue vom Vorjahr?« Der junge Mann nickte, der Rechtsanwalt las den Brief durch. Darin war die Rede von einer Klage gegen unbekannte Täter, die Dr. Curel irgendeinmal für Bibi Black erhoben hatte. Der »unbekannte Täter« sei gestern in Gesellschaft des jungen Mannes, der den Brief überbrächte, in dieser und jener Bar einige Stunden gesessen und Dr. Curel werde von dem jungen Manne hoffentlich alles Nötige erfahren, um die Klage neuerlich zu erheben, diesmal mit besserer Aussicht auf Erfolg, da der Täter wieder in London sei und also ermittelt werden könne …

»Sie hatten es eilig, mit dem Brief zu mir zu kommen?«

»Die Schreiberin hatte es eilig, Mr. Curel, nicht ich.«

»Und Sie –?«

»Ich – ich habe der Dame den Wunsch nicht abschlagen wollen.«

»Nein! Warum?«

»Sie hatte ihn sehr dringend, besonders dringend geäußert.«

Der junge Mann setzte eine zynische Miene auf; Dr. Curel sah ihn mit hochgezogenen Brauen an, als erwartete er nun erst die wahre Erklärung. Es kam aber keine.

»Sie stehen immer zeitig auf?«

»Nie. Wenn Sie es wissen wollen: ich werde mich erst schlafen legen, wenn wir das hier erledigt haben. Ich habe die Nacht durchwacht.«

»Ach? Entschuldigen Sie mich einen Augenblick.«

Dr. Curel gab die ganze, nur zum Teil schon eröffnete Post einem älteren, dicken Herrn, der ihn zu vertreten schien.

»Ich werde in einer viertel Stunde abgeholt, Mr. Sleary. Übermorgen, nein, überübermorgen abends bin ich wohl wieder hier. Wenn Sie noch irgendwelche Wünsche haben, Fragen zu stellen in irgendeiner Angelegenheit: bitte, in fünf Minuten stehe ich zur Verfügung.«

Mr. Sleary knurrte einige unverständliche Laute und zog sich mit den Briefen durch die gepolsterte und filzbespannte Tür in sein Arbeitszimmer zurück, wo ihn, auf seinem Schreibtisch, eine angebrannte Zigarre erwartete, nach der er schon in die Luft griff, da er sich noch in der Tür befand.

»Eine erfrischende Dame, diese Miss Bibi, ein seltenes Tanztemperament, wie man mir erzählt hat. Ist es nicht so?«

»Ich habe der Dame zugesagt, Ihnen mit gewissen Auskünften zu dienen. Was wünschen Sie zu wissen, Dr. Curel?«

»Ah, wenn es so ist, so darf ich einige präzise Fragen an Sie richten?«

»Ich bitte Sie darum.«

»Miss Black hat Sie gestern in Gesellschaft gesehen? Sie ist neugierig genug, wissen zu wollen …«

»Ein Herr, den ich kenne und nicht kenne. Ausländer. Wohnt nur zeitweise in London. Wird von Kellnern Astragalus genannt. Wie er sonst heißt, weiß ich nicht. Unsere Begegnungen sind zufällige, unregelmäßige. Seine Adresse kenne ich nicht.«

»Astragalus? Sonderbarer Name. Ist Ihnen bekannt, wie lange der Herr in London bleibt? Wohin er sich wenden will?«

»Er sprach davon, heute zu verreisen. Nach Paris, glaube ich. Jedenfalls nach Frankreich.«

»So, so. Nach Frankreich. Keine Briefadresse hinterlassen?«

»Keine.«

Dr. Curel stellte noch das Ersuchen an den jungen Mann, im Bureau seine Adresse zu hinterlegen, für den Fall, daß Benachrichtigungen nötig sein würden. Der junge Mann überlegte, dann zog er ein Stück zusammengefaltetes Papier aus der Tasche, schrieb eine Adresse darauf und empfahl sich. Dr. Curel nahm das Papier zu sich und ordnete dann seine Schriftstücke auf dem Schreibtisch, um den Rolldeckel mit gutem Gewissen für einige Tage schließen zu können. Mr. Sleary hatte noch einige Wünsche an seinen Chef. Er war ein wenig ungehalten über die Reise des Chefs und ließ ihn seine Unzufriedenheit merken.

»Wenn die Rate bis morgen nicht eingeht, dann lasse ich eben pfänden.«

»Dann lassen Sie übermorgen pfänden. Übermorgen, Mr. Sleary.«

»Morgen oder übermorgen, darauf kommt es nicht mehr an. Hull will doch endlich sein Geld sehen! Das Kompromiß Browns Erben mit dem Gefällsamt schließe ich ab?«

»Schließen Sie ab. Was aber die Rate anlangt, Miller & Co., Sie wissen? Übermorgen! Nicht wahr? Übermorgen! Sie merken es sich auf Ihrem Kalender vor? Darf ich sehen? Recht so, Mr. Sleary!«

»Schon gut. Und der junge Mensch da, vorhin? Der morgendliche Besuch? Geschäft? Privat? Vormerken?«

»Ja, es ist wahr, merken Sie vor. Der alte Fall Miss Bibi Black, von den Music-Halls. Sie wissen? Ganz recht, diese häßliche Geschichte. Frisch aufgewärmt.«

»Neue Akten?«

»Der Brief da. Gewisse Gerichte schmecken aufgewärmt am besten, das behauptet wenigstens immer Mrs. Mary, wenn ...«

Mrs. Mary war seine Haushälterin. Wann sie jene weise Behauptung aufzustellen pflegte, sollten wir nicht mehr erfahren. Dr. Curel gab seinem Vertreter noch jenes zusammengefaltete Papier, das Namen und Adresse des jungen Mannes enthielt. Da meldete sich auch schon der Chauffeur des Mr. Douglas R. Das Auto warte vor dem Hause.

»Hallo, Bob? Mr. Douglas schon unten? Oder holen wir ihn erst ab?«

»Warten im Wagen, Mr. Curel.«

Dr. Curel zog den Pelz an, als Mr. Sleary jenes zusammengefaltete Papier auseinanderfaltete, um es an den Brief Bibis zu heften und mit diesem zu den mit Anmerkungen für die Registratur zu versehenden, unerledigten Akten zu legen. Jenes zusammengefaltete Papier war eine Papierserviette. Es war dieselbe, die wir kennen. Während Mr. Sleary eine Stecknadel durch die obere Ecke tat, um Bibis Brief daranzuheften, sah Dr. Curel, daß die Rückseite jene Zeichnung aufwies, die wir kennen. Er nahm das Blatt seinem Vertreter aus der Hand, legte den Hut beiseite, rückte an der Brille, tat vor Staunen einen Schritt zurück.

»Das ist ja sehr interessant, das ist sehr interessant, Sleary, sehen Sie doch!«

Er ließ es sich nicht nehmen, den Rolldeckel nochmals zu öffnen und zurückschnappen zu lassen; aus der mittleren Schublade des Schreibtisches zog er jenes Blatt hervor, das Dr. Würfel im Boardinghouse zurückgelassen hatte. Die Zeichnung auf jener Papierserviette zeigte ganz den gleichen Gegenstand. Ein Frauenakt, auf einer Bahre oder dergleichen.

»Pathologisch, nicht wahr?«

»Das hat natürlich auch der Tollhäusler gezeichnet, der sich Dr. Würfel nannte, kein Zweifel«, bestätigte Mr. Sleary. Dr. Curel sah starr auf einen festen Punkt; die eiserne Kasse, die er so zu röntgenisieren schien, hatte in Wirklichkeit nichts damit zu tun; der Blick galt einem Gedanken, der unter solchem Strahl immer festere Formen annahm, als wollte er der eiserenen Kasse gleichsam keinen Vorsprung in dem Punkte der Dichtigkeit lassen.

»Astragalus? Astragalus? Was bedeutet denn das?«

Man schlug im Wörterbuch nach. Würfel, Knöchel …

»So, so. Aha, Würfelmensch, versteh jetzt. Sehr interessant!«

Mr. Sleary, den Zigarrenrest im Munde, begleitete seinen Chef die Treppen hinunter.

Der Chauffeur Bob brachte das Gepäck des Rechtsanwalts zum Auto. Mr. Sleary verabschiedete sich am Wagenschlag mit süßsaurer Miene von seinem Chef:

»Ich werde Anweisung geben, daß die Akten Bibi Black und Lady Mae R. zusammengetan werden, Mr. Curel.«

»Das können Sie tun, Mr. Sleary. Sie tun ganz recht daran. Übrigens, Sie wissen ja, Paris, Continental-Hotel. Ärgern Sie sich nicht, Mr. Sleary, Sie werden sehen: die Reise wird morgen schon höchst notwendig gewesen sein!«

»Ja, ich weiß, Mr. Curel. Unaufschiebbar, wie immer. Unaufschiebbar. Reisen Sie gut!«

Dann flog der Wagenschlag zu. Mr. Douglas lehnte sich zurück und schüttelte sich vor Lachen, während Mr. Sleary achselzuckend die Stufen ins Haus zurücknahm und an seinem zerblätterten Zigarrenende sog.

Das Auto zwängte sich durch die dichten Reihen seiner Kameraden in der City.

»Ich habe Neuigkeiten, Mr. Douglas«, begann der Rechtsanwalt.

»Neuigkeiten? Packen Sie aus, mein Freund!« Und bis zum Flugfeld entwickelte sich in dem Coupé ein verwickeltes Gespräch, so verzwickt, daß ich es wiederzugeben gar nicht versuchen werde.

15

Aus dem Flugzeug noch reichte Dr. Curel dem Zurückbleibenden Bob einen Zettel für Mr. Sleary. Darin wurde der Bureauchef ersucht, sogleich zu Miss Bibi Black zu fahren und sie persönlich zu veranlassen eine kleine Unehrlichkeit zu begehen, die für sie gewiß keine schlimmen Folgen haben konnte; Dr. Curel stünde mit seiner Ehre dafür ein: Miss Bibi sollte heute noch aus der Bar, wo sie gestern jene beiden Männer miteinander trinken gesehen hatte, eine Papierserviette mitnehmen. Eine gewöhnliche Papierserviette, wie sie dort mit den Speisen verabreicht wurden. Diese Papierserviette sollte sie in ein Kuvert tun und heute noch – mittels Flugpost – an Dr. Curel nach Paris schicken, Hotel Continental, Rue de Rivoli. Das war alles.

Monsieur Epstein, der Manager und Mitinhaber des Château d'Or, erschien heute morgen bei Monsieur Lambert, um Lord Henry zu sprechen. Es war um die elfte Stunde, Monsieur Lambert sah keinen Anstand, den Herrn vorzulassen. Henry saß an seinem Arbeitstisch. Sonnenlicht fiel schräg über das weiße Tischtuch, auf welchem Notenpapier und ein offenes Scheckheft lag. Henrys Füllfeder formte Ziffern und Noten und runde Buchstaben und einige Unterschriften.

»Guten Morgen, mein Bester.«
»Guten Morgen, mein Bester.«
»Ich störe nicht?«

»Sie stören nicht, wenn Sie zwei Minuten Geduld haben wollen.«

»Auch drei, fünf, zehn, mein Bester. Dann gestatten Sie aber, daß ich mich inzwischen Ihren Kollegen ...« M. Epstein wollte gehen, aber Henry rief:

»Aber, mein Bester, von drei, fünf oder zehn Minuten kann keine Rede sein, sage ich Ihnen, wirklich nicht. Zwei Minuten, Bester! Nicht wahr? Sie warten!«

»Auch drei, fünf, zehn, wie Sie wünschen. Aber dann gestatten Sie mir, daß ich mich inzwischen den Damen –«

»Wo denken Sie hin, Monsieur Epstein?! Eine Minute, sehen Sie, diesen Scheck noch. Eine Minute ...«

»Auch drei und mehr ... Aber wie Sie wünschen, ich kann auch – inzwischen – ich kann aber auch warten.«

Resigniert fügte sich der eisgraue Manager, stützte das Kinn auf seinen Elfenbeinstock und wartete eine halbe Minute lang, bis Henry ihm zur Verfügung stand.

... Hier, in diesem Raum, so erinnerte sich Mr. Epstein, hatte er – in einer verrückten, peinlichen, verdrehten, windschiefen Situation – vor einigen Monaten die Glorie Lord Henrys und seiner Jazz-Band mit einem unfreiwilligen Kontrakt begründet. So gut auch die Konsequenzen jenes Aktes waren, der sich hier abgespielt hatte: die Erinnerung an jenen Akt selbst war für M. Epstein überaus peinlich, auch heute noch, nachdem sich alles schon zum Guten gewendet hatte.

Ich werde trotzdem nicht verfehlen, die Geschichte hier zu berichten; denn auf die peinlichen Gefühle, die solche Erinnerungen in den Gestalten dieses Romans wecken, habe ich schließlich – schon aus Gründen der Unparteilichkeit – nichts zu geben. Übrigens gerieten die beiden Herren eben schon in eine lebhafte Debatte, so daß M. Epstein gar nicht mehr die Zeit hatte, auf meinen Bericht zu achten und in seinem

Herzen infolge dieser Erinnerungen peinliche Gefühle aufkommen zu lassen.

Baby also war an allem schuld gewesen! Wenn sie auf dem Verdeck von jenem Autobus in ihrem Unglück nicht so trostbedürftig erschienen wäre, dann – aber schließlich ist doch alles so gut ausgefallen, es war kein Grund, Baby auch noch Vorwürfe zu machen. Sie war unglücklich genug, auch ohne ungerechtfertigte Vorwürfe. Mit der Erkenntnis eben ihres Unglücks hatte es angefangen, das große Glück. Der Reihenfolge nach samt Vorgeschichte berichtet, ging das so zu:

Baby war mit siebzehn Jahren für den Beruf eines Strumpfmannequins ebenso vorbildlich geeignet gewesen wie Henry für den eines Jazz-Musikanten. Sie hatte wunderbare Beine. Beine, die Henrys Musikalität und spezielles Jazz-Talent in ihrer Einzigartigkeit gewiß erreichten, vielleicht übertrafen, wenn man so unwägbare Dinge, wie es die Formen und Linien eines Mädchenbeines sind, mit dem Genie eines Musikmachers überhaupt vergleichen kann. Baby war überhaupt immer sehr schön, von Kindesbeinen an, gewissermaßen, sehr schön gewesen. Was aber diese selbst anlangt, so hatte es damit eine eigene Bewandtnis. Sie waren von einer traumhaften Vollkommenheit, von der sich die vielen, die dem Mädchen auf dem Wege zur Schule, immerhin und trotz allem, unachtsamerweise rechtzeitig nachzugehen versäumt hatten, nur eine unvollkommene Vorstellung machen werden. Baby war von frühester Jugend an von allen Menschen geliebt worden, die mit ihr in Berührung kamen. Ihr Element war Zärtlichkeit gewesen, von dem ersten Atemzug an, den sie in dem provencalischen Gärtnerhäuschen ihrer Eltern getan hatte, bis zu dem Augenblick, da Henry, sein Instrument unter dem Arm, ihr an jenem Morgen entgegentrat, um die eben noch hinter der Glasscheibe gesehenen und schon geliebten Beinformen auf mysteriöse Weise ohne Zaudern wiederzuerkennen in der übertragenen Lieblichkeit einer bewegsamen Anmut und in dem ersten Splittern eines blauen Blickes sogar, ein Splittern, das ihn unsagbar traf, sofort und bis ins Innerste tödlich traf. Dort im Innersten aber stieß es auf Widerstand. Dort gab es – von der Sekunde an – einen Konflikt, einen Kampf ... Das wußte Henry übrigens; oder wußte er es nicht? Er wußte es. Niemand merkte aber, daß er es wußte, am wenigsten Baby; oder merkte sie es doch? Sie merkte es, merkte es nicht; alle äußeren Umstände aber bestärkten sie in der Trauer, dem Elemente der Zärtlichkeit, ihrem Elemente, in Henrys Gegenwart entrückt zu sein: Henry begegnete dem Mädchen, im Gegensatz zu seinem sonst eher weichen Wesen, hart, von jenem ersten tödlichen Beginn an, hart, grausam, unbegreiflich. Wenn seine Kollegen ihn darüber befragten, so sagte er:

»Baby – ach, Baby ist ganz einfach zu schön. Nichts für mich. Baby muß jedem gefallen. Das genügt. Danke.«

Baby gefiel ihm also nicht, vielmehr: er verbot es sich wohl, daß sie ihm gefalle. So sehr gefiel ihm Baby. In diesen Tagen erlaubte er sich darum auch eine unartige Sehnsucht – ach, eine ehrliche, beflügelte Sehnsucht nach jenem reizenden Femininum aus dem englischen D-Zug, eine Sehnsucht, die solchergestalt in Erscheinung trat:

Henry saß an Babys Seite auf dem Verdeck eines Autobusses, der vom Montparnasse zur Madeleine fuhr. Vorausschicken müssen wir hier, daß seine Jazz-Band damals noch ein obskures Dasein führte, äußerlich von dem der vielen anderen Jazz-Bands in Paris gar nicht wesentlich unterschieden. Die Girls traten noch nicht mit auf, sie probten erst, und es mangelte sogar noch an Kostümen fürs Debut. Es mangelte damals noch an vielem in dem kleinen Ensemble. Postsendungen pflegten noch als Nachnahmepakete anzukommen und häufig zurückzuwandern; denn auch Monsieur Lambert war damals noch nicht so gut bei Kasse, um auszuhelfen, wie er es jetzt gewesen wäre, wenn solche Pakete überhaupt noch angekommen wären. Das wagten sie aber längst nicht mehr. Damals, wenige Wochen nach jener zerbrochenen Glasscheibe in der Rue St. Honoré, war die Jazz-Band drauf und dran, sich in ihre Einzelheiten aufzulösen. Es fehlte nicht viel und das Schicksal hätte den ganzen Ruhm von »Lord Punch's Jazz-Band-Boys and Dancing-Girls« gar nicht zu vergeuden gebraucht. M. Epstein war daran schuld, das Schicksal wird sich an ihm einst noch schadlos halten müssen. M. Epstein saß nämlich an Babys anderer Seite, auf dem Verdeck jenes Autobusses. Es war kein Zufall, daß er dort saß. Er hatte sich absichtlich und unter Überwindung mancher lästiger Schwierigkeiten dorthin placiert; denn schon an der Haltestelle, am Montparnasse, hatte er fest beschlossen, sich neben Baby zu placieren, die von Henry wieder einmal sichtlich vernachlässigt ward. M. Epstein hatte Baby eben an jener Haltestelle zum erstenmal gesehen und hatte auf den ersten Blick erkannt, daß hier ein Zärtlichkeitswunsch wie ein Fähnchen in den Frühlingswind gehängt war, der daran, wie trotzige Jungens es tun, vorbeiwehte und vorbeischnob, ohne es zu beachten. M. Epsteins Gefühle hatten niemals in seinem ganzen Leben leidenschaftliche Stürme dargestellt, auch jetzt nicht, im Spätherbst. Seine Gefühle waren mehr mit gefälligen Lüftchen zu vergleichen, die gefälligen Damen gern zu Diensten waren und also verschiedene Fähnchen und Fahnen und Flaggen schon getröstet hatten. Es waren Fahnen aller Farben dabeigewesen; denn der Pressechef und nachmalige Mitinhaber eines großen Tanzlokals umfächelt Tänzerinnen aller Nationen meist in jeder einzelnen Saison schon, was erst in einem Menschenalter von Saisons. Aber so zarte Farben, wie das Fähnchen Baby sie schwenkte, hatte der alte Epstein noch nie zu sehen bekommen. Er brummte wie ein Falter, der eine Stunde vor seiner Todesverwandlung ins jenseitige Leben eine neue, berauschend süße Blume sieht. Er vergaß die schlechten Kassenrapporte von gestern und vorgestern, vergaß, daß sogar die letzten Sonnabende und Sonntage miserable Einnahmen gebracht hatten. Er vergaß, daß er das Verwaltungsbureau des Château d'Or eben verlassen hatte, um sich von der Agentur schleunigst bessere, wirksamere Attraktionen für das Programm des Hauses zu verschreiben. Er vergaß, daß er sich eben noch auf seine in der ganzen Vergnügungsbranche berühmte Spürnase verlassen hatte, als er auf jene neue, berauschend süße Blume Baby zuflog, die eben das Verdeck des Autobusses erkletterte, von einem blonden Jüngling und allen möglichen Blicken gefolgt. Er wußte nur das eine: der Platz neben Baby gehörte ihm, mußte ihm gehören! Wo Henry mit seinen Gedanken war, daß er das alles nicht merkte? Ach, das alles war so alltäglich, daß daran gar nicht viel zu bemerken war. Sollte er heute noch darauf achten, was die alten und jungen Herren um Baby herum aufführten, wo immer sie sich zeigte? Nein: das sollte, das konnte er nicht. Er hatte die ganzen Sorgen für die Kapelle auf seinen Schultern; und damals waren das lastende Sorgen. Auf der Place de la Concorde sah Henry in einer Gruppe von Autos, die wie wild gewordene Maikäfer daherstoben, eines, das ihn interessierte. Er sprang auf, rief, stürzte die Treppe hinunter, schrie Baby zu: »Weiterfahren, ich komme nach!« und war fort. Baby wollte ihm folgen, aber der Autobus raste und um sie herum standen dicht Passanten, nirgends war Platz. Sie blickte über die Brüstung, entsetzt sah sie, wie Henry sich närrisch in das Gewühl der fauchenden Maikäfer stürzte. Baby schrie auf. Da sah sie Henry aber schon gerettet, auf dem Trittbrett eines hellgrauen Sportwagens: eine Dame, ja, eine junge Dame, die chauffierte, lachte überrascht und erfreut auf und zog Henry auf den Nebensitz zu sich in den Wagen. Ich weiß es nicht sicher zu sagen, das Gedränge der Maikäfer war in dem

Augenblick groß und wild, man konnte sie nur eine Sekunde lang sehen: aber ich glaube, die Dame im Auto war Madame Mae R. gewesen. Baby sah Henrys Antlitz vor Freude strahlen; dann sah sie nichts mehr. Sie fiel mit einem Seufzer auf ihren Sitz – nein, dorthin, wo sie eben noch, neben Henry, gesessen hatte. Dort saß jetzt M. Epstein. Er hatte wirklich eine gute Spürnase. Baby saß jetzt, wie ein Baby, auf seinen Beinen. Das dauerte nicht sehr lange, vielleicht drei Sekunden, vielleicht waren es nur zwei. Aber M. Epstein schwor später, es habe Minuten gedauert. Baby besann sich plötzlich, das heißt: sie kam wieder zur Besinnung, sprang hoch, ein unsagbar blauer, wutdunkler Blick splitterte auf die entrüstetste, aber immer noch süßeste Weise von der Welt den Alten an, dann hatte Baby sich zur Treppe gewandt und war hinuntergeglitten und abgesprungen. Der Alte folgte ihr auf dem Fuße. Er schleppte das linke Bein nach, aber – erstaunlich, in seinem Alter! – er vermochte Baby auf diesem stürmischsten Wege zu folgen, den sie je unternommen hatte. Sie raste durch einige Straßen. Er hinterher. Sie raste über eine Brücke, den Quai entlang. Er hinterher. Sie rannte durch die Rue de la Seine, durch den Luxembourg-Park, er hinterher. Sie setzte sich auf eine Bank, sprang aber auf, da sie seiner ansichtig wurde, und rannte mit einem Schimpfwort auf den Lippen und in den wütenden, blauen Augen weiter. Der Alte hinterher. Wird man glauben, daß diese Raserei, diese Hetzjagd, erst im Hotel Lambert endigte, wohin Baby endlich floh? Und daß der alte Epstein ihr auch ins Hotel noch folgte? Nun, Baby stürzte die Treppe empor. Aus dem Taubenschlag zur Rechten in der zweiten Etage erklang Musik. Sie hinein. Da standen sie alle im Turnanzug, Siegi und Punch und Tino und Tobby, Dolly und Winnie und Peggy und Bully. Und ein Lautsprecher rief Kommandos zu rhythmischer Musik in den Raum. Baby sank bebend in die Arme ihrer aufgescheuchten Freunde. Und in der Tür stand gerötet M. Epstein, kaum wiederzuerkennen, ein gehetztes Wild eher als ein von seinem entkommenen Wild so gehetzter Jagdhund. Babys Zeigefinger wies auf ihn. Siegi hielt die Umsinkende fest; alle anderen stürzten sich mit Armen wie mit Keulen fuchtelnd auf den alten Epstein. Bei dem ersten Schlag, den er empfing, kam ihm eine rettende Idee. Es gelang ihm, einen Kontrakt aus der Tasche zu ziehen und mit ihm gegen die Schläge anzufuchteln, die es auf ihn regnete. Siegi erkannte den roten Stempel der Artistengenossenschaft auf dem Kontrakte – er gebot in demselben Augenblick Einhalt und Ruhe. Epstein zwinkerte in den Prügelraum, in welchem er seinerseits wiederum ein Saxophon über seinem Haupte schwebend erkannt hatte:

»Krasses – Mißverständnis – meine Herren – und Damen – ich engagiere Sie alle – alle – zu Höchstbedingungen – ins Château d'Or!«

Tableau! Nun: Siegi diktierte die Bedingungen. Babys wieder bewußter, in blauer Wut klar splitternder Blick schraubte die Forderung und das Gebot in Höhen, die allen denen schwindelnd erschienen, die die letzte Stunde in Babys Leben nicht mit ihr mitgemacht hatten. Allen also, außer M. Epstein.

Als Henry hinzukam, war der Vertrag fertig, in allen Punkten ausgefüllt.

»Lord Punch's Jazz-Band-Boys and Dancing Girls« waren als Hauskapelle und Haustruppe engagiert für den schönsten Tanzpalast von Paris.

Henry kam von Verhandlungen, wie er sagte, Verhandlungen wegen eines Engagements in ein großes Montmartrelokal, Verhandlungen mit einer Dame, eben jener, die ihn in ihr Auto gezogen hatte.

Die Verhandlungen waren gescheitert. Die alte Geschichte, sagte Henry, Forderung aller Agenten: Die Jazz-Band hätte sich von den Dancing Girls unbedingt trennen müssen! Ein gemeinsames Engagement war undenkbar, war Utopie!

»Die Utopie von heute ist die Realität von morgen«, hatte Henry mit dem Baumeister von Pan-Europa gesagt, und war gegangen.

Henry war verzweifelt zu Rumpelmayer gefahren, die Konditorei, wo Baby ihn erwarten sollte. Baby war nicht da. Verzweifelter noch war Henry ins Hotel Lambert gefahren. Er wurde dort schon erwartet. Wie? Die Realität von morgen war – plötzlich – schon heute eingetroffen? Um so besser.

Henry sollte den Vertrag mit dem Château d'Or unterschreiben? Er las ihn durch, und unterschrieb.

16

Derselbe M. Epstein, dessen Spürnase nach der Entdeckung von »Lord Punch's Jazz-Band-Boys and Dancing Girls« wieder in der ganzen Branche gerühmt wurde, hatte außer dieser Spürnase auch vorzügliche Reklame-Ideen. Zu der Zeit, da der Ruf der neuen Hauskapelle lawinenartig wuchs und aus den Kreisen der tanzenden Gäste in die großen und kleinen Hotels und Pensionen und Palais und Familienhäuser und Etagenwohnungen, und mittels Radiowellen dann nach London und Wien, Moskau und Budapest drang: zu dieser Zeit hatte M. Epstein seinen Boys und Girls eine kleine Garage bauen lassen in dem Höfchen des Hotels Lambert, einen kleinen garageartigen Verschlag; dann hatte er ihnen allen Roller geschenkt, richtige Roller, auf denen sie in langer Reihe über die Asphaltfläche jagten. Siegi an der Spitze, mit einer Hupe und elektrisch beleuchteten Fahrtrichtungsanzeiger, Bully an der Queue, mit einer Nummer am Rücken, daneben das bekannte rote Warnungssignal: »Achtung! Vierradbremse!« Dieser Aufzug hatte das denkbar größte Aufsehen erregt in den Pariser Straßen: die hübschen Mädchen in ihren

Uniform-Sportkleidchen, die Burschen in den lichtgrauen Anzügen, Siegis todesernster Ulk in der Handhabung des Fahrtrichtungsanzeigers: das alles wurde für die illustrierten Blätter photographiert, die Gruppe, das Garagelein und ungezählte Details des Aufzugs gingen durch die Zeitungen, die Lokalreporter besprachen mit einem Humor, der nicht gerade jedem Geschmack entsprechen mußte, die technischen Neuerungen, mit denen Siegi alle paar Tage die Öffentlichkeit überraschte, Henrys unvergleichliche Eleganz und Musikalität wurden anhand von Großaufnahmen verglichen mit Babys unbegreiflich blau splitternden Augen und ihrer beispielhaften Schlankheit, der in ganz Paris nichts Schöneres an die Seite gestellt werden konnte, und endlich wurde der Weg des ganzen Aufzugs vom Hotel Lambert bis zum Château d'Or gefilmt und in den großen Boulevard Cinémas vorgeführt.

Madame Mae R. hatte Henrys Bild in einer illustrierten Zeitschrift erkannt. Das Radiojournal hatte ihr, wie wir wissen, zu dem Genusse verholfen, die Jazz-Band des Lord Henry in London zu hören. Genug für Madame Mae R., um plötzlich umzudisponieren und zehn Minuten vor Beginn ihrer Soirée abzureisen? Ich meine wohl. Dies hatte sich auch Mr. Douglas gesagt, und gewiß hatte er damit recht, daß die Gründe für die Flucht seiner Frau im Hinblick auf den bekannten Charakter seiner Frau völlig ausreichend waren. Es bestand also für keinen der mit dieser Sache Beschäftigten die Pflicht, nach weiteren Gründen für eine Flucht zu forschen, die in ihren Motiven so klargelegt war, wie diese. Was dem Dr. Curel eingefallen war, auch noch ein Detektivbureau mit der Frage zu befassen, was sonst etwa Madame zur Flucht so plötzlich bewogen haben konnte: das wußte niemand.

Es ging da wohl wieder einmal um den Beweis seiner heftigen Fürsorge für seine leichtsinnigen Freunde, einer

Fürsorge, die unbedingt zu weit ging, diesmal wenigstens unbedingt schien, zu weit gegangen zu sein.

Denn bis zu jenem Tage, da M. Epstein, um elf Uhr vormittags, von Henry empfangen wurde, hatte es den Anschein, als sollte nichts Neues durch das Detektivbureau herauskommen. Dann aber trat doch eine Wendung ein. Ein neues Moment verwirrte erst und klärte dann den Fall.

Das alles hatte nichts mit dem Besuch des M. Epstein bei Lord Henry zu tun, aber da es sich um die gleiche Zeit ereignete, um elf Uhr vormittags, sei es an derselben Stelle verzeichnet, wo von jenem Besuch zu berichten sein wird.

17

Zu diesem Behufe muß ich aber zurückgreifen und den Ort der Handlung für einige flüchtige Szenen in ein sehr ruhiges, kleines Hotel verlegen, das im Herzen von Paris liegt, in einer schmalen, alten Straße, deren Namen ich ebensowenig nennen möchte wie den Namen jenes Hotels. Ich tue dies nicht aus Geheimnistuerei; ich tue dies nur, um nicht mißdeutet zu werden; denn die Lage dieses Hotels und sein Name könnten leicht zu Mißdeutungen Anlaß geben, die der Gast, der hier heute morgens, mit kleinem Gepäck, eingekehrt war, nicht ohne weiteres würde aufklären können. Offen gesagt: es geht mir darum, den Ruf der Lady Mae R. gegen alle Verdächtigungen zu schützen. Denn ich weiß sehr genau, und gebe dieses Wissen hiermit meinen Lesern preis, daß diese Dame auf Empfehlung hierhergekommen war, daß sie die Umgebung des kleinen Hotels nicht kannte, und seinen Namen, übrigens einen hübschen, graziösen Namen, unter dem man sich etwas Angenehmes denken kann, nie gehört hatte. Dies das ganze Geheimnis, das mich zwingt, Namen zu verschweigen, die ja schließlich nebensächlich sind, wenn auch nicht gerade nebensächlich in diesem Falle. Weniger nebensächlich und viel geheimnisvoller erscheint mir aber der Umstand, daß Madame durch ein Telegramm in dem Hotel avisiert worden war, das am Abend zuvor in London, am Hauptpostamt, aufgegeben worden war. Madame war mit dem Frühzug von Dieppe gekommen. In ihrer Gesellschaft befand sich eine nervöse Person, mit einer Goldplombe im Mund: es war das ein chinesischer Zwerg, der auf den Namen Tuckie hörte und für ein Salonhündchen galt.

Madame bewohnte ein Louis-Seize-Appartement, das in seinem bewunderungswürdigen Stil und Komfort jeden Wunsch befriedigen konnte. Ganz herrlich die fürstlichen Möbel, die in die Täfelung eingelassenen Schränke mit hermetisch dicht schließenden Spiegeltüren, die zierlich bemalten Flächen über dem geschmückten Türbord und auf der Decke, die dicken, seidenen Portièren, ganz herrlich die Grundfarbe: ein zartes Fraise mit etwas Resedengrün im Muster, die seideglänzende Wandbespannung, Möbelüberzüge, Decken und Vorhänge, alles übereinstimmend in Ton und Muster, alles aufeinander abgestimmt, mit kundigem Auge und kunstreicher Hand das Elfenbein des Lackes der echten Vergoldung vermählt, musterhaft instand gehalten die alten Möbel und Lustres, kein Fleckchen, kein Stäubchen, das gestört hätte, nicht einmal auf den recht zahlreichen Spiegeltüren; denn hermetische Spiegeltüren schlossen nicht nur die beiden Schränke, sondern mit zwei Flügeln auch das Fenster und, wirklich, sogar auch die Tür ins Badezimmer. Eine gewiß einigermaßen reichliche Vorsorge an Spiegeltüren; aber was macht das, da doch Portièren da sind, die in dicken Falten vor all die Spiegel gezogen werden können, wenn man dieser gerade nicht bedarf? Wie nicht anders anzunehmen war, fühlte sich Madame in ihrem gewaltig großen Bett, unter der warmen, federleichten, reizenden Decke außerordentlich wohl; denn trotz der antiken Möbel, die unzweifelhaft echt waren, fehlte es auch an einer mit aller Bravour funktionierenden modernen Dampfheizung nicht, deren Röhren irgendwo unter dem Fenster, gut verkleidet und unsichtbar, jene stille, segensreiche Wohltätigkeit ausübten, für die der chinesische Zwerg, rund hingerollt auf ein Kissen zu Füßen der Chaiselongue, im Schlafe sogar ein dankbares Grunzen hatte. Kein Geräusch drang von außen in dieses Zimmer: die Treppen und Gänge des Hotels waren dick ausgelegt, auf den Teppichen noch lagen vor den Türen hohe Abstreifer in Messingrahmen und leichte Fußläufer unter Messingstangen auf Stufen und Gängen; Schritte, die etwa hätten aufklingen wollen, wären verschluckt worden von all den Dämpfern auf den Fußböden und Wänden. Es war ein ruhiges Hotel, in das ich den Leser da geführt habe, und wenn auf den runden Treppen oder im Flur überhaupt momentweise so etwas wie Bewegung herrschte, so rührte sie her von einem Hausmädchen in schwarzem Kleid, weißer Schürze und weißem Häubchen; eine Bewegung, so leise, daß sie niemanden stören konnte. Das Hausmädchen glitt dann nur durch eine Tür in irgendeinen Raum, von wo eine gedämpfte Klingel signalisiert hatte, daß Bedienung gewünscht war. Das war alles. Worte oder Schritte oder Türenschlagen waren nie zu hören; und von den Boulevards drang nur der Schatten eines fernen Geräusches her, eben nur so viel, daß der fremde Gast, der ein Fenster öffnete, plötzlich mit einer Art Beseligung merkte: Aha – Paris … Ja, das ist es, wenn man mitten drin ist, im Herzen von Paris: da geschieht es, daß die große Stadt, Mutter der Ereignisse, die seit einem halben Jahrtausend die Menschheit bewegen, zu einem kleinen Rauschen wird, das durchs Fenster Einlaß findet zu deinem Ohr. Alles liegt darin, in jenem kleinen Rauschen, alles und nichts. Es kommt auf das Ohr an, und auf die besondere Sekunde des Ohres. Nicht immer hört man Paris da: nicht immer Balzac, Maupassant, Anatole France; oft auch nur: Paris à midi – à soir – le Temps …

Vorläufig hörte Madame Mae. R. gar nichts, außer ein wenig Blutzirkulation, übersetzt in einen leise summenden Traum-Jazz, dann und wann synkopisch unterbrochen von behaglich grunzenden Saxophontönen ihres chinsesischen Zwerges: alles auf der unüberhörbaren, aber doch im Bewußtsein auch des Traumes noch existierenden Stimme eines tiefen, fernen Rauschens basierend, jenes kleinen Rauschens namens Paris, das durch das geschlossene Fenster und die dicken Spiegeltüren davor Einlaß fand zu Madame Mae R., die schlief.

Sie schlief bis elf Uhr und ich habe nicht das Herz, sie vorher zu wecken. Es ist nicht mehr weit bis dahin, ich schlage vor: lassen wir die Dame, die eine nächtliche Überfahrt hinter sich hat, noch ruhig schlafen.

18

»Nun wird es endlich Zeit, daß wir erfahren, warum Madame Mae R. eigentlich nach Paris durchgegangen ist! Wir glauben ganz einfach nicht, daß nur diese Radiogeschichte mit der Jazzmusik aus dem Château d'Or die Ursache ist! Decken Sie gefälligst die Hintergründe auf, mein Herr!«

Diese Worte rief nicht etwa ein beliebiger Leser dem Chronisten dieser Ereignisse zu, nein, trotzdem sie sicherlich auch in dem Falle eine Berechtigung für sich hätten in Anspruch nehmen können, wenn, statt daß Mr. Sleary gegenüber Mr. Roberts, ein beliebiger Leser sie gegenüber dem Autor gebraucht haben würde.

»Kränken Sie mich nicht mit Ihrer Heftigkeit, Mr. Sleary. Ich sage es Ihnen immer schon: Sie leiden an überschüssiger

Magensäure! Sie nehmen zuviel Kohlenhydrate zu sich und zu wenig Eiweißstoffe. Kein Wunder, wenn die Magensäure dann nicht gebunden ist, sondern frei umherrast und die Magenwände zugleich mit Ihrem Gemüt anfrißt. Dazu rauchen Sie schweres Kraut –«

Mr. Sleary hielt sich die Ohren zu:

»Machen Sie mich nicht rasend, Mr. Roberts! Ich habe Sie nicht um Ihre Diagnose gebeten, ich will jetzt keine ärztlichen Ratschläge von Ihnen hören! Morgen –«

»Ist es zu spät. Morgen haben Sie schon Magengeschwüre und –«

»Morgen, sage ich! morgen! So lassen Sie mich doch ausreden, Mr. Roberts! Sie haben so eine Art – morgen, sage ich, ist es zu spät –«

»Das ist auch meine Ansicht.«

»– ist es vielleicht zu spät, das Resultat Ihrer Recherchen nach Paris zu kabeln! Das muß heute geschehen!«

Mr. Sleary ließ sich schnaufend in den Stuhl fallen. Wie verzweifelt sog er noch einmal an seiner Zigarre. Mr. Roberts, ein rothaariger, stumpfnasiger Herr, Altersgenosse seines Gesprächspartners, holte aus der Rocktasche eine silberne Dose hervor, in deren federndem Deckel, der eben aufsprang, ein silbernes Löffelchen steckte.

»Nehmen Sie, nehmen Sie, Mr. Sleary. Magnesia usta mit Belladonna! Wirkt Wunder! Nach jeder Mahlzeit! Einen Schluck Wasser nachtrinken!«

Mr. Roberts trat zum Kamin und schenkte aus der Karaffe Wasser in ein Glas. Mr. Sleary nahm von dem weißen Pulver, trank einen Schluck Wasser nach, lehnte sich zurück, er hatte wieder seine erwartungsvolle Miene aufgesetzt, schmauchte seine Zigarre und wartete. Mr. Roberts wartete auch. Mr. Sleary begann:

»Nun, ich höre, bitte, beginnen Sie doch!«

»Sie müssen mir den Gefallen tun und die Zigarre fortlegen. Nikotin und Alkohol sind für Ihren Magen genau so Gift wie Essig! Wollen Sie das nicht endlich begreifen, Mr. Sleary?«

»Ich will ja alles tun, sprechen Sie nur!«

Mr. Sleary tötete das Feuer in der Zigarre. Er tat es mit Sorgfalt, um den braunen Leib nicht zu zerstören. Offenbar hatte er es auf die Lüste, die der beau reste noch für ihn barg, zu gelegenerer Stunde abgesehen. Mr. Roberts beobachtete das. Er schüttelte den Kopf, lehnte sich zurück, und machte sich nichts wissen. Er setzte eine resignierte Miene auf und begann seinen Bericht:

»Also es ist herausgekommen: Bob hat mir verraten, daß Madame Zusammenkünfte mit dem vierschrötigen Kerl hatte!«

Mr. Sleary riß die Augen auf: »So?«

Schon suchten seine Finger wieder die Aschenschale und auf ihr die Zigarre. Mr. Roberts heftete einen verweisenden Blick auf die ungehorsamen Instinktsünder, die von dem Rande der Schale wie ertappte Schulbuben zurückzuckten, und setzte langsam fort:

»Sie haben einander dreimal getroffen, Madame bat ihn auch zweimal in ihr Auto zusteigen lassen. Das Gespräch der beiden hat sich beide Male um Bilder gedreht. Bob hat verstanden, daß Madame sich von dem Burschen malen lassen sollte und daß sie damit einverstanden war, sich von ihm so malen zu lassen, wie er es wollte.«

»Nackt?«

»Das sagen Sie, Mr. Sleary.«

»Wie denn?«

Mr. Roberts achselzuckend:

»Nackt, aber mehr noch als nackt. Sterbend!«

Mr. Sleary fuhr auf. Roberts drückte ihn besänftigend nieder.

»Was soll denn das heißen?!«

»Das Bob ein Esel ist, meine ich. Sie nicht auch?«

»Bob, ein Esel? Dann bin ich freilich auch ein Esel! Bob ist der gehauteste und verläßlichste Junge, der je als Chauffeur durch die City gefahren ist, sage ich Ihnen! Bob –«

Die Finger! Diese Finger Mr. Slearys! Schon wieder waren sie hinter die Schule gelaufen, die Deserteure, und suchten nach dem geliebten, braunen Leib, der ihnen versagt war. Dazu mühten sich die Augen mit besonderem Aufwand an Glanz und Dringlichkeit im Ausdruck, ihr Gegenüber festzuhalten und von dem Tun der Finger am Rande der Aschenschale abzulenken.

»Bob hört für zehn, sage ich Ihnen! Bob macht keiner was vor!«

»Wenn es so ist, Mr. Sleary, dann ist gar kein Zweifel daran, daß der Russe die Madame direkt dazu aufgefordert hat!«

»Wie? Sich sterbend malen zu lassen?«

»Sich sterbend malen zu lassen.«

»Aber Sie sind ja verrückt.«

»Warum ich, Mr. Sleary? Dr. Würfel hat diese Aufforderung an Madame gerichtet, nicht ich. Wie kommen Sie dazu, in Ihrer magenkranken Rage mich mit Dr. Würfel zu verwechseln?«

»Er ist verrückt, daß haben Sie doch immer selbst behauptet! Er ist irrsinnig!«

»Ich halte ihn dafür, wenn es sich auch vielleicht um einen heilbaren Fall von Irrsinn handeln könnte. Legen Sie, bitte, die Zigarre aus der Hand, wenn Sie mit mir sprechen.«

»Habe ich – ? Ach, entschuldigen Sie. Ganz unbewußt …«

»… Ja, unbewußt. Unwissend, sagen Sie lieber, Sie Magenmörder, Selbstmörder, Sie! Sie Würfelmensch, Sie.«

»Heilbar, meinen Sie?«

»Ja, heilbar. Er ja, der Dr. Würfel ja! Bei Ihnen ist der Fall zweifelhafter, unbedingt verzweifelter, Mr. Sleary. Sie werden an Magenkrebs zugrunde gehen!«

»Ich verstehe Sie nicht, woraus schließen Sie – heilbar?«

»Wenn Madame bereit ist, und sie ist es, war es zumindest, sage ich Ihnen, sich sterbend malen zu lassen, dann ist der Bursche ganz danach geschaffen, normal zu werden und auf seinen schönen Irrsinn zu pfeifen!«

Mr. Sleary schrie auf und gebärdete sich ganz zappelig von widerstrebendem Begreifen und Nichtbegreifen. In dieser heftigen Bewegung gelang es ihm blitzschnell die Zigarre mit seinen Fingern zu packen und mit ihr herumzufuchteln:

»Hat das die Welt gesehen? Unerhört! Unerhört! Ich sage ja immer – diese Gesellschaft, die ›gute‹ Gesellschaft natürlich, die Crème – zuviel Geld, zuviel Geld ist bei den Leuten! Dieser Mr. Douglas und diese Frau, wissen Sie, wenn Sie mal herkommt, Pelzmantel, Hündchen, ach, und er? Er lacht ja zu allem! Er lacht zu allem! Ich sage Ihnen, die Leute leben wie – wie – wie närrische Kinder! Das ist das Wort: wie närrische Kinder! Kinderlose Ehe natürlich. Keine Leistungen für die Gemeinschaft – nichts. Sinnlose Launen, das ganze Leben! Sehen Sie, Mr. Roberts, wir? wir haben unsere Pflichten und Sorgen, aber –« und Mr. Sleary strich ein Streichholz an und hielt es an die Zigarre. Mr. Roberts packte die unbotmäßige Hand des Dicken, dem das Wort im Munde erstarb, und zog sie zu sich heran, um das Streichholz auszublasen.

»Aber – ?«

»Ja, unsere Pflichten und Sorgen, sage ich. Zugegeben. Aber – aber – Sie haben mich ganz aus dem Konzept gebracht.«

»Weil Sie Ihre Pflichten zwar im Munde führen, aber nicht einzuhalten wissen! Das ist die Sache, Mr. Sleary. Wollen Sie nun noch einmal die Zigarre aus der Hand legen und mich weiter anhören?«

»Bitte. Schon geschehen. Weiter.«

»Ich habe da noch allerlei Informationen auftreiben können, wenig Positives, aber nicht unwichtig. War einmal sehr reich – Gutsbesitz und Spiritusbrennereien, heißt es, in Rußland – ist natürlich um alles gekommen – hat in Südamerika gelebt – dann in Europa, war sogar vor zwei Jahren in Sowjetrußland, und da soll er, mit dem Sowjetpaß, als Maler, unter falschem Namen, in die Hungergebiete gelangt sein, wochenlang dort gehungert und gemalt haben ... Er war immer unterwegs, nirgends seßhaft, immer bei den Flüchtlingen, auf der Landstraße, bei Bahntransporten, immer mit dem Skizzenblock, immer auf der Jagd ... Er scheint nicht nur nach Bildern gejagt zu haben. Da war etwas anderes, Dunkles ... Da scheint er sich Dinge haben zuschulden kommen lassen, Dinge – Sie wissen, es wird viel übertrieben, aber damals und dort, wo die Menschheit ganzer Landstriche entwurzelt und auf der Flucht war – verhungert, verelendet, in Not und Tod verkommen – ungeheure Gelegenheit für wilde Triebe – Raubtierinstinkte –! Rauchen Sie nicht, Mr. Sleary, ich beschwöre Sie: es bekommt Ihnen nicht! Legen Sie die alte Zigarre aus der Hand. So ist's recht. Danke. – Sehen Sie, Mr. Sleary, die wilden Triebe im Menschen – es ist genau wie mit Ihrem Rauchen und Whiskytrinken! Was kümmert Sie Ihr Magen? Sehen Sie ihn denn? Ein schwarzes Loch über dem Bauch irgendwo. Aber er ist drin, er ist faktisch da, er hat seine Gesetze! Er schmerzt sie, wenn Sie gegen diese Gesetze verstoßen haben. Sie essen zum Beispiel zu rasch, immer zu rasch. Das verträgt er nicht! Er kann das Unzerkaute nicht bewältigen. Und, hauptsächlich: Eiweißstoffe! Keine Kohlenhydrate bei überschüssiger Magensäure! Sie sagen: Er schmerzt sie, der Magen, aber der Arzt nehme Ihnen Ihre ganze Lebensfreude, wenn er Ihnen den Tabak, Alkohol und schwarzen Kaffee und Kohlenhydrate untersagt? Sie sollten sich schämen, Sleary, wirklich schämen ... Und was den Würfelmenschen anlangt, so kennt er seine seelischen Bedürfnisse so wenig wie Sie die Bedürfnisse Ihres Magens kennen, Sleary! Ein schwarzes Loch, die Seele, man sieht sie nicht. Aber sie ist da, faktisch da, Sleary, sie hat ihre Gesetze! Und es schmerzt, wenn man gegen diese Gesetze verstoßen hat! Dieser Schmerz, Mr. Sleary, hat schon manchen Verbrecher verraten! Soll ich Ihnen nun den Fall des Würfelmenschen zu Ende erzählen, so weit ich vermochte, in dieser finsteren Angelegenheit vorwärts zu kommen?«

»Sprechen Sie, sprechen Sie, Mr. Roberts! Wir müssen kabeln! Anrufen! Schreiben!«

»Ach was, kabeln, anrufen, schreiben! Mieten Sie ein Flugzeug, Mr. Sleary, tun Sie das! Die Ausgabe können Sie verantworten.«

»Mein Chef – hören Sie, Mr. Roberts – aber –«

»Hören Sie erst den Schluß meiner Recherchen. Und warten Sie ab, was ich heute Nacht erfahren werde. Mir steht eine kleine Reise bevor. Ich habe da eine Art, na, Keller zu besichtigen. Morgen entschließen Sie sich dann, wie Sie es für gut erachten.«

Und jetzt kam die alte Geschichte, die Sache mit Bibi Black an die Reihe:

»Abstrus, der Fall. Das reicht ja alles noch nicht einmal zu einer richtigen Anklage wegen … ist das etwa eine Drohung? Angedrohte Körperverletzung? Das ist ja gar nichts – nichts, sage ich. Abstrus, der Fall. Unverständliches Delikt. Überhaupt kein Delikt. Aber das, sehen Sie, so ein Abenteurer, das verkehrt mit Lady Douglas R. Das ja! Ich sage Ihnen – zuviel Geld, zuviel Geld haben die Leute! Das lebt wie die närrischen Kinder – Sport und Jazz – »Mit-dem-Feuer-Spielen« – Das ja! – aber –«

»Sparen Sie das Streichholz, Mr. Sleary, ich blase es sonst doch aus!«

»Wie? – So? Ach – habe ich? Ja, sehen Sie, das läßt einen nicht … na. Was also hätten wir noch zu dem Fall?«

»Die Zofe.«

»Wie, bitte?«

»Die Zofe von Madame Mae.«

»Die Zofe? Bitte, die Zofe.«

»Ich habe sie ins Gebet genommen. Sie versichert, Madame habe sich zum Geburtstag ihres Gatten auf besondere Weise malen lassen wollen.«

»Etwa –?«

»Auf besondere Weise. Es sollte etwas Ausgefallenes sein, wie es sich für eine ausgefallene Ehe ziemt. Porträts hingen genug in alten Schlössern herum, hätte Madame gesagt.«

Mr. Sleary klingelte.

»Den Akt Mr. Douglas R. aus der Registratur! Ja, den Erbschaftsakt, ganz egal.«

Der Akt wurde von dem Bureaudiener gebracht. Mr. Sleary nahm Einblick und stellte fest:

»Mr. Douglas R. wird heute in drei Wochen zweiundvierzig Jahre.«

»Drei Wochen – das könnte stimmen. Wie lange malt man so ein Porträt? Gut drei Wochen? Wie?«

»Gut drei Wochen, Mr. Roberts.«

»Ob sie ihm schon sitzt?«

»Liegt, meinen Sie?«

»Ja.«

»Vielleicht.«

»Heute ist er wohl angekommen.«

»Wie wird man sie finden?«

»Wie man sie finden wird?«

»Ja, das frage ich. Wie wird man sie finden? In welchem Zustand?«

»Aber nein, ich meine: Wie wird man sie in Paris überhaupt ausfindig machen?«

»Sehr schwer, in Paris jemanden zu finden, der nicht gefunden werden will.«

»Sehr schwer. Äußerst schwer.«

»Der Chef wird es verdammt nicht leicht haben.«

»Ob er nur noch zurechtkommt?«

»Er? Kennen Sie ihn denn nicht? Der kommt immer zurecht. Der hat sich noch nie um eine halbe Minute verspätet!«

19

Der Dialog zwischen Mr. Sleary und Mr. Roberts, dem alten Vertrauensdetektiv des Rechtsanwalts Dr. Curel, hatte um die elfte Stunde stattgefunden und mit der Voraussage geendigt, daß Mr. Sleary unweigerlich an Magenkrebs zugrunde gehen werde, wenn er in den Dingen seines Magens so zügellos weiterwirtschaften wolle …

Um dieselbe Zeit landete ein Flugzeug vor Paris und brachte unsere beiden Passagiere wohlbehalten auf französischen Boden.

»Herrlicher Tag, Curel! Madame wird in den Bois fahren wollen! Beeilen wir uns!«

»Sie haben recht. Wir wollen nichts versäumen und gleich am Claridge vorfahren.«

Das Auto brachte die Herren hin; die Avenue des Champs-Elysées sprühte in der Sonne, ein wilder Frühlingswind wehte mit erfrischenden Wellen über die Menge der Taxis hin, die zu dem Bois strebten.

Vor dem Hotelportal wurde Mr. Douglas von zwei Blumenmädchen aufgehalten. Er kaufte der ersten Flieder ab, zarten, eben erblühten Flieder, alle Zweige aus ihrem Korb, einen großen Buschen. Dann trat er ein, eilte zur Office und hörte den Bescheid, der Dr. Curel eben zuteil ward:

»Madame R. ist nicht bei uns abgestiegen.«

Mr. Douglas hörte einen Augenblick zu lachen auf. Er sah fragend seinen Anwalt an.

»Nicht hier abgestiegen?«

Die Herren gingen, Schritt für Schritt, langsam, überlegend, aus dem Hotel. Da standen die Blumenverkäuferinnen wieder. Mr. Douglas tat dem zweiten Mädchen, das vorhin zu kurz gekommen war, all seinen Flieder in den Korb und stieg ins Auto. Das Mädchen aber sprang nach der ersten Verblüffung dankend herzu und steckte ihm eine schöne Dolde ins Knopfloch. Mr. Douglas lachte auf und dankte, das Mädchen lachte wieder.

»Chauffeur! Hotel Continental!«

Dr. Curel war schweigsam geworden und Mr. Douglas meinte: Diesen Bescheid habe er eigentlich ganz und gar nicht erwartet. Wie man sich irren könne …

Dann versenkte er seine heitere Nase in die Fliederblüten, und seine Augen freuten sich darüber so, daß sie gleich wieder lachen konnten.

Um dieselbe Zeit fand auch jener Disput zwischen Lord Henry und M. Epstein statt, in der am Vormittag Bureaudienst verrichtenden, engen Speiseröhre des Hotel Lambert. Jener Disput, dessen ich schon mehrfach erwähnte, ohne noch seinen Verlauf wiedergegeben zu haben. Gegenstand dieses Disputes waren nacheinander alle Dinge, die in Schwebe waren: der neue Kontrakt mit einer erhöhten Gage; denn Lord Henry berief sich auf höhere Angebote von anderer Seite, während M. Epstein den Umstand in die Wagschale warf, daß er es doch war, der die Truppe »gemacht« hatte; daran wiederum wollte Henry nicht gerne erinnert werden, die Sache sollte besser ganz aus dem Spiel bleiben, riet er, M. Epstein täte gut daran, den Schleier des Vergessens über sein Entdeckertum zu breiten.

»Freuen Sie sich, mein Bester, daß Ihre Spürnase damals mit einem blauen Auge davongekommen ist! Nicht eben ratsam, auf der Art, wie unser Engagement zustande kam, Gefühle extremer Dankbarkeit aufzubauen, nicht wahr?«

»Wiesoooh?!«

M. Epstein war sehr erstaunt. Er begriff nicht. Er zog die Nase so lang wie die Vokale seines »Wie-so?«, und das will etwas heißen. Es schien, als wollte er zum Ausdruck bringen, daß es eine andere Art von Engagement, eine andere Art von Entdeckung, gar nicht gäbe.

»Hören Sie, M. Henry? Soll man eine Tänzerin engagieren, weil man aus ihren plumpen Formen auf ihr Tanzgenie geschlossen hat – oder umgekehrt? Nun also? Keine Vorwürfe darum, wenn ich bitten darf! Ich habe es gut getroffen, zugegeben, Sie wissen das. Haben Sie es aber schlecht getroffen? Sie und Ihre Kollegen? Und haben es die Damen etwa schlecht getroffen? Nun also!« Die Konsequenz lautete demgemäß: »Warum sollen wir also nicht weiter beisammenbleiben, M. Henry? Gar kein Grund. Ich bitte Sie: ich werde Ihnen etwas zugeben – Sie werden etwas nachlassen – was wollen Sie?! Wir wollen doch beide Geschäfte machen!«

Die Melodie dieser Sätze hatte auf Siegi Winter eine direkt suggestive Anziehungskraft ausgeübt. Er trat ein und beteiligte sich, zu Henrys Glück, an dem Gespräch. M. Epstein und Siegi Winter zankten miteinander über alle möglichen Dinge, bevor sie sich dem Streitapfel zuwandten, den sie endlich, nach Erschöpfung eines komplizierten Ritus aller listigen Argumente, deren jeder nur habhaft werden konnte, in einer beide Teile mehr oder weniger befriedigenden Weise teilten. Auf Henry wirkte dieses Verhandeln wie eine alttraditionelle Zeremonie, deren Ziel dem ganzen Akte vorbestimmt war. Zum Schlusse rückte M. Epstein – ganz beiläufig – mit dem Zweck seines Besuches heraus: Arpád von M., sein bester

Eintänzer, bat, man möchte ihm eine Dame der Jazz-Truppe als Partnerin überlassen für Parkettduette, Tango, Charleston und so … Die Dame könne große Carrière mit ihm machen, er habe ehrgeizige Pläne, eine Wendung sei eingetreten. Er habe auch das Geld beisammen, um die nötigen großen Abendtoiletten anzuschaffen. Siegi hörte sich die Sache an. Henry lauschte, gereizt. M. Epstein sprach sehr gleichgültig, wie man eben spricht, wenn man für einen Dritten verhandelt und selbst ganz uninteressiert ist. Henry aber unterbrach ihn mit einiger Schärfe:

»Ich danke, M. Epstein. Daraus wird nichts.«

M. Epstein sah sehr erstaunt auf, übertrieben erstaunt:

»Wie – soo? Wissen Sie denn – ?«

»Ich weiß. Mademoiselle Baby bleibt bei unserer Truppe, es ist ihr Wunsch, sie hat ihn mit einer Deutlichkeit ausgesprochen, die wirklich nichts zu wünschen übrig läßt. Wollen Sie das dem M. Arpád von M. gütigst bestellen?«

Henry erhob sich, verabschiedete sich und ging. M. Epstein zuckte die Achseln, dem kleinen Siegi Winter einen gewundenen Blick darbietend, lang ins Auge hinein gestikulierend, einen Blick, der an Deutlichkeit ebenfalls gar nichts zu wünschen übrigließ.

»Was wollen Sie haben, M. Epstein, er ist doch ein Dichter, wenn auch nur ein Jazz-Künstler, wie die Presse sagt, als solcher aber ohnegleichen!«

»Gut, aber – reden Sie mit ihm!«

So achselzuckend, mit vieldeutigen Blicken absoluten Unvermögens, dort etwas auszurichten, wo man nichts, fast nichts über das fremdartige, ungeschäftliche Denken des Anderen vermochte, verabschiedeten sich die beiden voneinander.

Um dieselbe Zeit ward auch Madame Mae R. in ihrem stillen Louis-Seize-Appartement aus dem Schlafe gestört. Tuckie knurrte erst, dann bellte er laut drauf los, wütend gegen den großen Wandspiegel auffahrend, hinter dem er offensichtlich jemanden vermutete. Madame rief ihn, aber er bellte weiter. Man hörte nur dieses Bellen, aus dem Nebenzimmer hörte man gar nichts. Madame sah, wie sich das Bild des kleinen Tuckie in dem Glas spiegelte, und sie meinte, der Hund belle wohl sein eigenes Spiegelbild an, daß er so nah noch nie gesehen hatte. Sie rief ihn nochmals, und knurrend gehorchte er jetzt. Hatte er wirklich nur sein eigenes Spiegelbild angebellt, oder war jemand hinter dem Spiegel gewesen?

Wer sollte das wissen? Eine Frage, mit der sich niemand beschäftigte, nicht in Paris, nicht in London. In diesem Augenblick wenigstens noch nicht. Eine kaum zu beantwortende Frage; denn jenes Nebenzimmer war soeben von innen abgesperrt worden. Abgesperrt von einem Stammgast des Hotels, der, nach langer Pause, sein altes Appartement endlich wieder bezogen hatte.

20

Ja, es muß heraus, der Würfelmensch war in dem Hotel eingezogen, und sein Zimmer befand sich in der Tat gleich neben dem Appartement von Madame Mae R. Er mußte hier wirklich Stammgast sein; denn er wußte in dem Hause genau Bescheid. Das Mädchen hatte ihn beim Eintritt begrüßt und ihm gemeldet, sein Appartement stünde bereit; statt eines Schlüssels hatte sie ihm einen Drücker für die Tür gegeben; Schlüssel gab es keine in dem Hotel, aber zu jeder Tür einen originell geformten Drücker. Der Würfelmensch hielt sich nicht lange unten auf und eilte in die zweite Etage. Da empfing ihn ein Zimmer, das wie ein bewohnter Raum anmuten mußte. Es standen sogar Gepäckstücke darin, wenn auch versperrte. Der

Würfelmensch zog die Tür gleich hinter sich zu und man hörte, wie er mit Hilfe des Drückers das Schloß einschnappen ließ. Bald darauf hörte man jenes Bellen, das kam aus dem Nebenzimmer. Dann war es wieder so still in dem alten Hotel wie immer, ja, es herrschte jene besondere Atmosphäre von Ruhe da, die dem Hause wohl zu dem Ruhm verholfen hatte, eines der ruhigsten und unbekanntesten Hotels von Paris zu sein. Ein Blick in das Fremdenbuch hätte jeden Neugierigen belehrt, daß Neugierde auf diesem üblichen Wege hier nicht befriedigt werden konnte. Das Fremdenbuch war seit Jahren nicht mehr geführt worden. Man war hier in keinem Fremdenhotel, man war Privatgast eines privaten Herrn, oder war es eine Dame? eines Inhabers jedenfalls, den man nie zu sehen bekam, wenn man ihn nicht zu sehen wünschte. Es gab in jeder Etage nur drei oder vier Appartements. Gemeinsame Gesellschaftsräume gab es eigentlich nicht, wenigstens nicht in dem üblichen Sinne: kein Speisesaal, kein Schreib- oder Musikzimmer. Aber ein kleiner, reizend dekorierter Salon für Gesellschaften, die tanzen wollten, war doch da, sogar mit einem Podium, das wohl für die Musik bestimmt war. Dieses Podium glich eher einer Bühne, es wies Beleuchtungsmittel auf und konnte mittels aufziehbaren und breit herabfallenden Portièren, ganz wie eine Bühne, geschlossen werden. Dieser Salon wurde wohl selten benutzt. Jedenfalls sah er, trotz der stilreinen alten Rokokodekoration so proper und unbenutzt aus wie ein Vitrinenstück, das immer nur angeschaut und abgestaubt wird. Vielleicht will das nicht viel sagen; denn ich habe schon gelegentlich der Schilderung des Louis-Seize-Appartements der Madame Mae erwähnt, daß auch seine Dekoration und Einrichtung mit jener Makellosigkeit überraschte, durch die sich das Haus, wie durch viele andere auffällige Sonderbarkeiten, auszeichnete. Zu den auffälligen Sonderbarkeiten mag auch zählen, daß der Wandspiegel, den Tuckie vorhin so angebellt hatte, mit einem Male um seine Mittelachse eine lautlose Drehung vollzog, die ganz unglaubhaft anmutete, und im rechten Winkel ins Zimmer stand; zu einer Hälfte in Madames Zimmer, zur anderen in das benachbarte Zimmer, das, wie wir wissen, soeben einen männlichen Besucher bekommen hatte, jenen graziösen Athleten, der mit einem Flugzeug angekommen zu sein schien, eine halbe Stunde nach Ankunft des privaten Flugzeugs unserer beiden Freunde aus dem Hotel Continental. Tuckie war durch diese Wendung so verblüfft, daß ihm das Bellen ganz verging, er schreckte zurück, roch ein paarmal mit unmäßiger Vorsicht vor, um sich dann endgültig unter das Bett zu verziehen, von wo aus er seine stumme Augenzeugenschaft betätigte.

Madame streckte den Arm unter der Bettdecke hervor; sie reichte dem Würfelmenschen die Hand entgegen und begrüßte ihn mit ein paar kleinen Worten, die zeigten, daß sie nicht etwa ungehalten war über sein so brüskes Erscheinen in einem Damenappartement.

»Entkommen also? Ohne Schwierigkeiten?«

»So ziemlich, danke. Es ging eigentlich recht glatt.«

Ein kurzer Dialog, wenn man bedenkt, daß ihm fast unmittelbar eine Umarmung folgte, die der Würfelmensch mit großer Vehemenz an Madame Mae vollzog, eine Umarmung, die ihrerseits wiederum unmittelbar in einen Kuß von großer Ausführlichkeit auslief, einen Kuß, wie wir ihn, ähnlich ausführlich und zeitraubend, eigentlich gar nicht für angebracht gehalten hätten zwischen diesen beiden, die doch schließlich für kein Liebespaar angesehen werden konnten. Was weiß man aber von diesen Dingen, und wie oft hat man gerade auf diesem Gebiete Überraschungen erlebt?! Astragalus küßte sich jedenfalls, vierschrötig wie er war, wie ein Stier in die zarten Lippen der Madame ein, und man konnte die Angst nicht unterdrücken, daß er in diesem Kusse alle Luft aus ihrem schmalen Leibe pressen und in sich aufsaugen wolle. Aber auch in diesem Punkte ist man ja gewohnt, Überraschungen zu erleben. Madame gab keinen Laut des Mißbehagens von sich; so war Europa der Stier Jupiter vielleicht auch nicht zu stierhaft gewesen? Nach einer geraumen Weile, die schwer zu beziffern sein mochte, ging auch dieser Kuß zu Ende. Astragalus hielt Madame in Armen und saß auf dem Bettrand. Er flüsterte in seinem ungelenken Englisch das denkwürdige Wort:

»Nun werde ich Dich wie eine Göttin malen!«

Madame löste sich hierauf leicht aus seinen Armen, langte nach Spiegel und Lippenstift, besorgte die Toilette ihrer Lippen und bat:

»Nun ziehen Sie sich zurück, bitte.«

Astragalus drückte ihr noch einen Kuß auf den Unterarm und zog sich zurück. Der Wandspiegel ward wieder gedreht und fiel lautlos in seinen hermetischen Rahmen. Madame Mae R. erhob sich nun und trat mit einer Miene, die deutlich ausdrückte, daß nichts geschehen war und daß sie die Einrichtung des Wandspiegels nicht im geringsten überrascht hatte, an diesen heran, drehte mittels eines Messingknopfes gewisse Riegel ein, die sich dicht wie Leisten an die beiden Seitenenden des Spiegels legten, ein Mechanismus, der ihr vertraut war, und begann im Badezimmer ihre Toilette, um sie dann in dem kleinen Ankleideraum fortzusetzen und, nach einem Gastspiel am Toilettentisch, vor dem großen Wandspiegel zu beenden. Sie war vollendet geschminkt und hatte einen wunderschönen, lachsfarbenen, gestickten Seidenschawl um den Leib geschlungen, dazu Strümpfe und Schuhe an, als sie den Messingknopf wieder zurückdrehte.

21

Ich überspringe jetzt die Ereignisse des Nachmittags, die jenem Vormittag folgten, und versetze den Leser direkt in das von mir mit Unrecht vernachlässigte Château d'Or. Es ist ein besonderer Abend heute, in den Zeitungen als »Puppenball« angekündigt. Es ist die Stunde, wo alles dort den Höhepunkt erreicht: die Stimmung, die Tanzfreude, der Jazz-Geist, der in dem Hause waltet, und die Rechnungen, die M. Adolphe den Gästen serviert. So-Etwas ist, wie alle Abende, aufgeblüht unter dem Strahl der Glühbirnen und in dem Sprudelbad der Töne, das »Lord Punch's Jazz-Band« durch das Palais ergoß, bald dampfendheiß, daß die Glut bis in die Knochen der Tänzer und Tänzerinnen dringt, bald kalt und eiskalt, daß sie zähneklappernd unbändig herauslachen müssen wie unter einer Dusche. Das Saxophon Punchs durchfegt den Hexenkessel des Raumes mit seinem launischen Schmettern oder Grunzen, mit der Wirkung eines unsichtbaren Kochlöffels, der alles in dem Topfe durcheinanderwirbelt, das Unterste zu oberst kehrt und das Oberste zu unterst; aber ein ganzes Büschel von kleinen und größeren Kochlöffeln besorgt dem Topfinhalt einen immer höher gesteigerten Wirbel, so daß das Oberste wiederum zu unterst und das Unterste zu oberst zu liegen kommt, um immer neu von oben nach unten und rechts nach links und links nach rechts, quer hinauf und quer hinunter gewirbelt zu werden. Da sind die Violinen und das Klavier, die Trommel, Gesangstimmen männlichen und weiblichen Timbres, da ist das »Flexaton« in den Händen Siegis, das Stepbrett unter den Füßen Henrys und der Girls, Hupen und Kindertrompete, Kastagnetten und platzende Luftballons, alles Lautspender, die sich, jeder in seiner Art, als kräftige Kochlöffel bewährten. Das Rührwerk all dieser Attraktionen hält sein Material, ohne Pause, wie die Vorschrift lautet – die weise

Vorschrift des M. Epstein – laut und leise in Tempo und Atem; denn so erfordert es das Vergnügen. Das Château d'Or war ein Vergnügungslokal, und niemand konnte daran zweifeln, daß es eines war!

Zu dieser Stunde, in solcher Nacht, wo alles dort den Höhepunkt erklimmt, das Vergnügen und der Betrieb wie die Hemisphären einer bergab rollenden Kugel sich nicht mehr voneinander unterscheiden lassen: zu dieser Stunde, wo die Tanzenden in dem Kochtopf des Dämons eines Tohuwabohus der Elemente zu einer Masse werden, homogen in allen Teilen, die Herren nur durch ein Wunder einander nicht ganz so gleich wie die Kaviarköpfe, und die Damen, verschieden zwar, aber eine von dem Wesen der anderen umhüllt wie der Duft der unterschiedlichen Blumensorten in einem bunten Strauß: zu dieser Stunde betrat Mr. Douglas in Gesellschaft seines Anwaltes Dr. Curel den Garderobenraum vor dem Lokal.

»Legen Sie ab, Doktor Curel, ich kann's gar nicht mehr erwarten, aus dem Pelz zu schlüpfen.«

Die Herren hatten einen lebhaften Tag hinter sich: sie hatten Madame Mae R. gesucht und nicht gefunden. Weitgehende, polizeiliche Hilfe mochten sie natürlich nicht in Anspruch nehmen, in den Fremdenlisten stand der Name nicht, sie waren also ganz auf ihre Findigkeit angewiesen. Wir wollen uns mit der Darstellung ihrer Erfolglosigkeit nicht aufhalten und setzen gleich dort ein, wo die beiden endlich bei einem Glase Champagner ihre Enttäuschungen zu verwinden trachteten. Die Szene spielt in der Loge fünf des Château d'Or, die wilden Wellen, die der Wirbel da unten schlug, trugen hier herauf nur ihre zerstäubten Tropfen und Schaumkronen. Man hatte alles unter sich, die Leidenschaften und das Vergnügen, man konnte beobachten und daran seine Freude haben, wenn man dazu begabt war, in solchem Lärm sich so stillen Genüssen hinzugeben. Mr. Douglas R., der die Loge fünf gewählt hatte, konnte von diesem Platz aus die Jazzband beobachten, besser als von jedem anderen Platz aus. Ob er seine Freude daran hatte und ob er sonderlich begabt dazu war, in solchem Lärm sich so stillem Genusse hinzugeben? Sein Mienenspiel konnte in dieser Hinsicht nicht viel verraten, es war, wie immer, amüsiert und geneigt, gleich loszulachen bei dem geringsten Anlaß … Das also war »Lord Punch's Jazz-Band«? Das war jener blonde Henry, der neue Rattenfänger, dessen Weisen so unwiderstehlich zu locken verstanden, daß Madame Mae wieder Unfug angestellt hatte und vor ihrer Soirée plötzlich durchgebrannt war? Henry sah gut aus, bemerkte Mr. Douglas; ihm war, als müsste er ihn schon gesehen haben. Landsleute, die wir in der Fremde sehen, glauben wir manchmals als alte Bekannte zu erkennen, ohne daß wir sie je vorher gesehen haben müssen. Und Mr. Douglas hatte diesen hier sogar schon gesehen, wenn auch nur im Bilde, jenem Bilde, das Madame ihm in einer Zeitschrift gezeigt hatte, um ihm ihr Abenteuer aus dem D-Zug nachträglich zu illustrieren.

Mr. Douglas dachte nach, erinnerte sich aber nicht, von wo er den blonden Burschen eigentlich kennen sollte. Plötzlich fiel sein Blick auf ein Programmheft, das auf dem Tisch lag. Da war der blonde Kopf Henrys. Es war wieder das Bild aus der Zeitschrift. Jetzt deckte sich die Ähnlichkeit mit dem Erinnerungsbilde in Mr. Douglas' Gehirn – es gab einen Kurzschluß des Gedächtnisses, Mr. Douglas schlug auf den Tisch und rief:

»Aber, Doktor Curel, ich mache eben eine erstaunliche Entdeckung! Madame hat diesen Musiker Henry, der dort die Violine spielt, in einem D-Zug kennengelernt, auf der Fahrt von Watford nach London! Sie hat es mir selbst erzählt, ich erinnere mich dessen genau.«

»Mr. Douglas, aber, aber, Mr. Douglas! War ich nicht schon gestern Abend in London überzeugt davon, daß Madame abgereist war, um ›Lord Punch's Jazz-Band‹ zu hören? War das für mich nicht evident schon aus der Tatsache des eingeschalteten Apparates, Pariser Welle? Aus dem aufgeschlagenen Radiojournal? Aus der Handschrift des Zettels sogar, der auf dem Secrétaire lag? Wissen Sie das nicht mehr?«

»Wenn ich Ihnen nun aber noch sage, daß Madame den blonden Menschen schon lange gekannt hat?«

»Das kann Madame bestärkt haben, gewiß. Es dürfte aber wohl nicht ausschlaggebend gewesen sein!«

»Meinen Sie, Doktor Curel? Nicht ausschlaggebend? Ich kann das nicht wissen ...«

»Nicht wissen?!«

»Sehen Sie ihn an. Ein bildhübscher Bursche. Blond. Adelstyp. Sehr jung. *Sehr* jung.«

»Ich werde die Ehrenbeleidigungsklage gegen Sie erheben, wenn Sie solche Gedanken über Madame Mae R. äußern wollen, Mr. Douglas!«

Mr. Douglas lachte auf, aber im nächsten Augenblick fragte er, und sein Gesicht war ganz ernst:

»Sie glauben an die Schuldlosigkeit meiner Frau? Ernsthaft?«

»Mr. Douglas, ich schwöre – –«

»Halt, bester Doktor Curel, keinen Eid, bitte! Sie sind mir in den Fragen des weiblichen Herzens und seiner Abgründe denn doch ein zu braver Junggeselle, mein Lieber, entschuldigen Sie das harte Wort. Ich möchte Sie warnen, die Unschuld einer Frau zu beschwören, die – – –«

»Ich schwöre auf die Unschuld Ihrer Frau und werde Sie überzeugen, daß ich keinen falschen Eid riskiert habe! Morgen schon werde ich Sie überzeugen!«

»Sie sind sehr zuversichtlich, nach einem Tag der Mißerfolge.«

»Ich bin es, Mr. Douglas.«

»Ich bin es nicht, Doktor Curel. Entschuldigen Sie, aber ich bin es nicht. Nicht mehr! Wir können schließlich sämtliche Hotels und Pensionen von Paris absuchen, ohne eine Spur von Madame zu finden, es fragt sich nur, wie weit …«

»Oder wir müssen uns dieser großen Mühe nicht unterziehen und finden sie doch, die Madame! Wie denken sie über diesen Modus?«

»Begrüßenswert, Dr. Curel, wie denn nicht? Aber …«

»Wir haben unsere Rollen ganz vertauscht, Mr. Douglas, finde ich, seitdem wir in Paris sind.«

»Ja. Seitdem wir im Claridge die Auskunft bekommen haben, daß Madame dort nicht abgestiegen ist. Ich will Ihnen nämlich das eine sagen: Madame hat noch niemals anderswo gewohnt als im Claridge! Auch dann, wenn sie allein in Paris war, nur im Claridge! Sie kennt nichts anderes von Paris –«

»Aber, Mr. Douglas, das wiederholen Sie nun schon zum drittenmal, aber ein plausibler Grund ist es dadurch noch immer nicht geworden! Auch diesmal, unter so veränderten Umständen dort abzusteigen, bestand gar keine Ursache – – –«

»Sie haben recht. Ganz recht. Es wird allmählich Zeit, daß wir sie finden, sonst denke ich mir noch die wildesten Dummheiten aus zu dieser Geschichte!«

Ist es nicht sehr charakteristisch für das Leben, ein unverkennbares Symptom seiner Impertinenz, an der man das wahre Leben erkennt: daß in dem Augenblicke, da der Dialog der beiden Herren sich um nichts anderes als um den Verbleib der Madame Mae drehte, der Musiker Henry hinausverlangt wurde, weil eine Dame ihn in dringlichster Weise sofort zu sprechen wünschte, eine Dame, die natürlich keine andere war als Madame Mae? Sie betrat das Lokal nicht, die Herren konnten sie also nicht sehen. Henry sprach mit ihr in dem schmalen Gang vor der Künstlergarderobe. Eine Tapetentür nur führte von dort zur Jazz-Bühne. Auf dieser Tapetentür lagen die Blicke von Mr. Douglas; denn er hatte Henry durch die Tür eben verschwinden sehen.

Es war wohl eine telepathisch erklärliche Erscheinung, daß Dr. Curel eben jetzt, wo er seinem Freunde röntgenstrahlbegabte Augen wünschen hätte müssen, wenn er, Dr. Curel, die Gegenwart der Madame hinter jener Tapetentür nur irgend vermuten hätte können, von der Transparenz der Dinge zu sprechen begann; er geriet bei diesem Thema geradezu ins Phantasieren:

»Was würde man da zu sehen bekommen! Asmodeus, der die Dächer der Häuser einst abgedeckt hat, um ins Innere zu sehen, läuft heute mit solchen Röntgenaugen herum, sage ich Ihnen, und wo wir einen guten Bürger sehen, der einen sorglosen Abend bei Champagner und Jazz verbringt, dort würde er einen Schuldner sehen, der morgen seinen letzten Besitz in Pfand geben muß, um die Unversehrtheit seiner Unterschrift zu wahren ... Der tanzfreudige Prokurist dort hat verbotene Anleihen an dem Kassenbestand seines Hauses unternommen, und wenn sein reicher Schwager nicht aushilft, schießt sich morgen der Vater dreier kleiner Kinder eine Kugel in die Schläfe ... Jener federnde Alte mit dem blauen Falkenblick – ein Kollege von mir aus der Provinz – verwaltet Mündelgelder – Anwalt einiger weniger Adelsfamilien – hat besondere Gelüste, die ihn nach Paris treiben – wird die Mündelgelder nie ganz auszahlen können – fingiert heute schon Spesenaufstellungen, damit's dann einmal stimmt – – – Asmodeus würde Freude von unserem Standpunkt hier haben! Ein lohnender Ausblick!«

»Ja, in die Niederwelt ...«

Lachend wandte sich Mr. Douglas dem Dr. Curel zu: »Lassen Sie uns mal hinuntersteigen, es ist besser, als vom sicheren Port aus und so weiter ...«

Die Herren erhoben sich und bummelten durch das Château d'Or. Sie sahen sehr genau umher, merkten sich eine

Menge Gesichter und Gestalten und achteten auf alles, was »Lord Punch's Jazz-Band-Boys and Girls« betraf. Darum hatten sie auch bemerkt, daß die lichteste, blondeste und zarteste der fünf jungen Damen – Mademoiselle Baby, wer denn sonst? – wieder einmal in Sorge und Trauer war. Ihr Auge verriet das jedem, der hinsah. Es war, ach, ein zersplitterter, gebrochener Glanz darin heute, wehesten Ausdrucks. Diesen Ausdruck sehen, bedeutete, daß das Herz einen Augenblick stillstand vor Mitgefühl.

So ging es Mr. Douglas und Dr. Curel, da sie an der Jazz-Band vorbeikamen und deren Mitglieder zum ersten Male in der Nähe sahen. Die Truppe war nicht vollzählig. Henry stand immer noch hinter jener Tapetentüre.

Madame Mae ist viel Unrecht getan worden, weil man die Motive ihres sonderbaren Tuns nicht gekannt und vielfach mißdeutet hat. Ich will ihr nicht wieder Unrecht tun lassen. Ich habe die Absicht, alles wieder gutzumachen, was die Welt an ihrem guten Ruf verbrochen hat, und ich habe das Material, um meine Absicht auch in die Tat umzusetzen. Die Aktion ist schon eingeleitet, will aber mit Vorbedacht und im richtigen, psychologisch wirksamsten Augenblick unternommen werden. Darum begnüge ich mich vorerst mit der Bemerkung, daß Madame in diesem Augenblick sehr aufgeregt war und einen Teil ihrer sonst immer so gutgelaunten Haltung offensichtlich verloren hatte, Gott weiß, aus welchem Anlaß. Er weiß es aber, und um es von ihm zu erfahren, müssen wir einen kleinen Umweg riskieren. Der führt zunächst, nicht für lange, nach England zurück.

22

Wir haben es eilig und fahren darum mit dem D-Zug London–
Liverpool – es ist übrigens derselbe, der Madame einst mit
Lord Henry zusammengebracht hatte, nur in entgegengesetz-
ter Richtung – am späten Nachmittag von London fort und
wünschen, dort, ebendort anzukommen, wo Madame damals
eingestiegen war. In unserer Gesellschaft befindet sich ein rothaariger, stumpfnasiger Herr, dem man von weitem ansieht,
daß er Nichtraucher und Antialkoholiker ist: Mr. Roberts. In
seiner Gesellschaft befindet sich wiederum Bob, Tausendsassa
von Beruf, seit einigen Jahren Chauffeur der Madame Mae R.
In Bobs Gesellschaft wiederum befindet sich die brave Ann,
Zofe der gleichen Dame, und endlich die schwarze Tänzerin
Bibi Black, dieselbe, die heute eine Papierserviette, in einem re-
kommandierten Brief, der gar nichts anderes enthielt als diese
Papierserviette, per Flugpost nach Paris geschickt hat. Alle vier
hatten Kaugummi im Munde, wie man sowohl aus den wie-
derkäuenden Bewegungen ihrer Kiefer wie auch aus dem Um-
stande merken konnte, daß kleine Stückchen Papier zu ihren
Füßen lagen. Mr. Roberts hatte Rücksicht walten lassen und
für seine Reisebegleiter, da sie mit ihm im Nichtraucherabteil
sitzen mußten, ein Paket Kaugummi mitgenommen, damit
ihnen die Entwöhnung vom Nikotin nicht zu schwer falle.

Die vier saßen allein in einem Coupé und kauten wohl eine
Stunde lang still für sich – rechte Backenzähne im gehörigen
Tempo, maestoso, linke Backenzähne im gehörigen Tempo,
maestoso, und ein bißchen rascher, oberflächlicher, die Mitte,
allegretto, weil das den Kiefern viel weniger Genuß bereitet
als die ausgiebigere Arbeit an den breiten Rücken der Seiten-
flügel, wo das elastische, zähe Material in tiefe Klüfte ein-
dringen kann, aus denen es die stete Kaubewegung langsam
wieder herauspreßt, was in undefinierbarer Weise ein ange-

nehmes Gefühl der Befriedigung verursacht, das in endloser Reihe wiederholt zu empfinden man eine schier unbegrenzte Lust verspürt.

Ann war die einzige in der kleinen Gesellschaft, der das Reiseziel bekannt war. Ihr galten darum die Fragen, die Mr. Roberts seinen kauenden Kiefern entlockte:

»Hübscher Besitz? Großer Besitz? Herrschaftshöfe dabei mit Wald und Viehstand?«

»Frau von St. Clair hat nur das Schloß mit dem Park behalten, die ganzen Höfe an Pächter abgegeben. Das Schloß ist wohl nicht gerade groß, aber wunderbar schön. Madame hat sich nirgends so gerne aufgehalten wie auf Schloß Watford, bei Frau von St. Clair.«

»Cousinen?«

»Richtige Cousinen.«

»Altersgenossinnen?«

»Wo denken Sie hin! Madame Mae ist gewiß um zehn Jahre jünger!«

»Hübsch, die Frau von St. Clair?«

»Nicht hübsch. Immer sehr blaß, und dann hat sie so dünne Lippen.«

»Blutarm. – Knochig gebaut?«

»Sehr mager, aber von Natur aus, nicht wegen der Mode. Sie hat so eine grüne Hautfarbe, Mr. Roberts, die wirkt nie angenehm. Und sie schminkt sich dabei nie gut.«

»Leberleidend. Geschieden? – Warum geschieden?«

»Sie war nur ein Jahr lang verheiratet, dann haben sie sich scheiden lassen und sie ist nach Schloß Watford zurückgegangen. Im Winter lebt sie immer ein paar Wochen bei uns in London.«

»Kinderlos?«

»Ja, natürlich. Der Mann war als Hauptmann in Frankreich, aber –«

»Aber?«

»Ich weiß nicht. Sie hat sich scheiden lassen.«

»Im Winter lebt sie immer einige Wochen in London?«

»Bei uns in London.«

»Mr. Douglas ist zufrieden damit?«

»Mr. Douglas ist mit allem zufrieden.«

»Und Madame?«

»Madame geht im Mai jedes Jahr zu Frau von St. Clair.«

»Was für Besuch kommt noch auf Schloß Watford?«

»Auf Watford ist immer Besuch. Adel und Andere, allerlei Herrschaften, und auch Leute.«

»Frau von St. Clair liebt gewisse Künste, heißt es, Skulptur, Malerei?«

»Mag wohl so sein. Es kommen oft Künstler auf Watford, Maler und so …«

»Vor einem Jahr: waren Sie mit Madame auf Schloß Watford?«

»Zuletzt vor einem Jahr.«

»Aber in diesem Winter war Frau von St. Clair nicht in London?«

»In diesem Winter – nein. Nicht bei uns. Sie war nur ganz kurz da und hat im Savoy gewohnt.«

»Die Damen haben sich getroffen?«

»Frau von St. Clair hat ihren Besuch bei uns gemacht.«

»Und dann?«

»Dann haben sie sich natürlich in Gesellschaft getroffen, bei der Soirée der Lady W. und ich weiß nicht, wo noch. Frau von St. Clair war nur ein oder zwei Wochen in London.«

»Vor einem Jahr war es angenehm gewesen, auf Watford?«

»Gewiß, sehr angenehm.«

»Glauben Sie das nicht, Mr. Roberts«, unterbrach hier Bob das Verhör mit seiner schrecklichen Stimme. »Vor einem Jahr

war der vierschrötige Narr ganz bestimmt bei Fanny und damals hat's angefangen!«

»Fanny?«

»Er spricht von Frau St. Clair, Mr. Roberts. Er nennt sie
immer Fanny, wiewohl sie doch gar nicht so heißt. Sie heißt
Victoria.«

»Aber Mr. Douglas nennt sie immer Fanny!«

»Ja, im Scherz. Aber im Ernst heißt sie Victoria.«

»Und damals war Dr. Würfel bestimmt bei ihr?«

»Das war so eine Geschichte, Mr. Roberts: er war wohl da
und er war nicht da. Er hat ganz abseits im Schloß gewohnt
und hat sich um die Gesellschaft nicht bekümmert.«

»Aber Madame Mae hat er doch kennengelernt?«

»Ja – er hat sie im Schloß getroffen, aber zufällig –«

»Zufällig?«

»Ja. Madame wollte den Flügel in dem großen Saal sehen,
der immer geschlossen ist, weil man ihn nicht durchheizen
kann. Der andere Flügel im Musikzimmer war nämlich ver-
stimmt und schlecht, ein Hammer war daran zerbrochen.«

»Und in dem großen Saal –?«

»Da hat sie den Flügel zu spielen versucht. Und Dr. Würfel
ist dazugekommen.«

»Wieso wissen Sie das, liebe Ann?«

»Madame hat es selbst so erzählt! Er hatte dort seine Zimmer, hinter dem großen Saal, am äußersten Westende. Dort
hat er gemalt. Er ist ein berühmter Künstler, Mr. Roberts!«

»Was hat Madame von ihm erzählt?«

»Daß sie sehr erschrocken ist vor ihm, wie er da plötzlich
in der Tapetentür stand und sie angesehen hat. Sie hat auf-
geschrien – und er ist still dagestanden und hat nichts gesagt
und hat sie angesehen. Sie wollte weglaufen, aber während sie
so stand und ihn dastehen sah, dachte sie plötzlich, daß das
doch nicht wirklich sei und daß sie eine Halluzination habe.«

»Hatte sie öfter Halluzinationen?«

»Meines Wissens nie.«

»Hat sie mehr erzählt von dieser ersten Begegnung?«

»Ja, sie hat noch erzählt, daß er sich gar nicht gerührt hat, nur mit den Fingern hat er sie schon gemalt, hat sie gesagt, so in der Luft gemalt, und dann, dann hat er …« – und hier bekam Ann sichtlich Märchenaugen, wie wir sie bei Frauen kennen, die von der Wahrheit gern ins Romantische abgleiten –: »drei sonderbare Fragen an sie gerichtet. Die hat sie uns nicht wiederholt, aber beantwortet hat sie die drei Fragen, das hat sie gesagt. Und dann ist sie fortgelaufen, durch den langen Gang und über die Treppe, bis ins Teezimmer, zu Frau von St. Clair. Das Herz hat ihr bis in die Kehle geklopft vor Schrecken und Angst. Und Frau von St. Clair hat ihr gesagt, daß da ein Gast wohne, der mit niemand verkehren wolle. Er sei Maler und gehe ganz auf in seiner Arbeit, und sie verehre ihn sehr, er sei einer der größten Künstler, die es überhaupt gäbe. Und es sollte niemand wissen, daß er auf Schloß Watford sei.«

»Frau von St. Clair war doch einmal mit Mr. Douglas verlobt?«

»Verlobt? Nein. So weit war die Sache nicht.«

Hier sprang wiederum Bob mit seiner immer heiseren Stimme ein:

»Ja, sie hat schon geglaubt, daß sie verlobt sind! Mr. Douglas aber hat sich nicht mit ihr verlobt! Nein, mit ihr – nicht!«

Und er lachte schadenfroh. Dazu hatte er seinen Kaugummi in die Finger genommen und nach kurzem Kneten mit einem knallenden Geräusch in den Waggongang geworfen. Mr. Roberts richtete seine stumpfen Augen, deren Ausdruck mit der Form seiner Nase an Stumpfheit wetteifern konnte, auf den Chauffeur. Und der setzte fort:

»Das ist die ganze Sache, Mr. Roberts, warum Fanny so ein blasses und blutarmes Luder geblieben ist. Nichts für ungut, aber ich muß es schon sagen, sie ist ein Luder und Mr. Douglas weiß das ganz genau! Lady Mae ist viel zu gut zu der Kanaille, Mr. Roberts! Ann weiß das, aber sie geniert sich und will nicht mit der Sprache heraus. Ich sag', was ich sag', Mr. Roberts, ich weiß, was ich weiß, Ann, mir macht man nichts vor. Mir nicht, Ann, mir nicht!«

Mr. Roberts sah es nicht gerne, daß Bob sich so ereiferte. Er legte ihm die Hand auf die Schulter, aber Bob war in seinem erregten Redestrom nicht zu halten:

»Die vergißt es unserer Madame nie, daß Douglas sie ihr vorgezogen hat! Nie, sag' ich! Die ist voll Boshaftigkeit und Gemeinheit, sag' ich, diese Kanaille! Die arbeitet, sag' ich, nur daran, unsere Lady bei Douglas kaputt zu machen! Ich weiß es! Und der Dr. Curel, meine Liebe, weiß das auch, sei sie nur ganz still! Der weiß auch, was für ein Luder die Fanny ist, ja, der weiß es!«

Mr. Roberts war jetzt schon so weit, Bob eine Zigarette zu gestatten, und er zog ihn sogar zu diesem Zwecke hinaus in den Waggongang.

»Sie sind schrecklich, Bob«, sagte er ihm mit wirklicher Verzweiflung im Ausdruck.

»Sie haben ein so abgenutztes Organ, daß ich immer an Rumgläser in Schnapsbudiken denken muß, Scherben, aus denen jeder trinkt, die in einem Blechnapf ausgespült werden, wissen Sie, dessen Wasser nur einmal des Tags gewechselt wird! Sie sollten Ihr Organ schonen, Bob! Stattdessen reden Sie wie alte Frauen auf dem Gemüsemarkt und noch mehr!«

»Man wird doch noch was sagen dürfen, Mr. Roberts? Wenn einen die Sache doch angeht, nicht?«

»Die Sache geht Sie nichts an, oder sagen wir: so gut wie nichts, Bob. Verstanden? Und die Demoiselle Bibi aus dem Hotel Falstaff geht die Sache noch viel weniger als nichts an. Verstanden? – Also Ruhe und Ihr Organ schonen, sonst geht's noch ganz in die Brüche, daß die Scherben nur so krachen, gesprungen ist es schon an allen Enden, Bob, an allen Enden!«

»Am Volant wird man leicht heiser, Mr. Roberts, das ist nicht anders. Immer im Nachtnebel, und fahren, und warten, und wieder fahren.«

»Mit wem fahren Sie denn so oft im Nachtnebel?«

»Mit unserer Lady! Jeden Abend! Das ist es ja! Und wo die überall hin will, Mr. Roberts! Die muß alles sehen! Und Douglas immer mit, und lacht bloß dazu! So ein Mann!«

Bob schüttelte den Kopf und tat einen Zug aus der Zigarette, als wollte er sie bis in die innerste Lunge einsaugen. Mr. Roberts erschrak darüber und schüttelte auch seinerseits den Kopf:

»Sie verbrennen sich die Stimmbänder, Bob, was tun Sie denn?!«

»Was? Die Stimmbänder? Nie welche gehabt. Geht auch ohne. Da sieht man aber, wo so das Komödiemachen hinführt! Douglas, lauter Witze, und Madame, nichts als Narreteien. Und jetzt kann er sie suchen! Die ist weg, sag' ich, und da nützt kein Suchen! Bis sie's satt hat und mal wiederkommt. Mit ihren Malern und Narren und Hypnotiseuren oder wie das Zeug heißt. Pfui Teufel!«

»Hypnotiseuren? Was ist das? Davon weiß ich nichts, Bob.«

»Ach was, Kartenlegerinnen am Nachmittag und Hypnotiseuren am Abend und Schlafwandlerinnen und Tischrückereien und weiß der Himmel, allen Verrücktheiten der Welt!«

»Und das macht Mr. Douglas auch mit?«

»Das nicht. Das ist wieder mehr ihre Spezialnarretei, Mr. Roberts.«

»Sie werden sich die Finger verbrennen …«

»Gut, ich bin ja schon ganz still!«

»Nein – nicht so, in Wirklichkeit werden Sie sich die Finger verbrennen! Schmeißen Sie den Brandstumpen fort, hier ist ein Aschenbecher, kommen Sie.«

Das Diner begann im Speisewagen. Unsere Gesellschaft nahm einen Tisch ein und widmete sich lautlos den vier Gängen. Die schwarze Dame speiste natürlich mit, und es war nicht zu merken, daß sie Aufsehen erregte. Denn es speisten nur Engländer in dem Waggon, und bei einem Engländer bleibt auch das Aufsehen eine außen unbemerkte Angelegenheit, die hinter der Fassade zu wirken hat und sonst nirgendwo. Die schwarze Dame speiste übrigens vollendet gewandt und nahm von den Platten mit großer Zurückhaltung, wiewohl Mr. Roberts sie drängte, sich kräftig zu bedienen, weil man heute Nacht durchwachen müßte, und zwischen Schlaf und Ernährung eine eigentümliche Wechselbeziehung bestünde, so zwar, daß Mangel an Schlaf oft durch ein Plus an Ernährung den Entgang auf der Einnahmeseite der Physis auszugleichen vermöge ...

»Stimmt«, meinte Bob. »Wenn ich durchwache, kann ich einen ganzen Hammel vertilgen, wenn es dazu nur auch an Bier nicht fehlt ...«

Bibi lächelte zu all dem nur und meinte, sie fühle sich allen Anforderungen, die heute noch an sie gestellt werden könnten, vollauf gewachsen.

23

Madame Mae R. aber fühlte sich den Anstrengungen, die dieser Tag etwa noch an sie stellen wollte, jetzt nicht mehr, oder: noch nicht wieder gewachsen. Was hatte sie in diese Verfassung gebracht? Wir erinnern uns jenes Augenblickes, da sie, vollendet gut geschminkt, einen lachsfarbenen, gestickten Seidenschawl um den Leib gelegt, den Messingknopf an der Spiegeltür wieder zurückgedreht hatte, und wissen, daß sie an dem Abend, der jenem Tage gefolgt ist, in den Nebenräumen des Château d'Or aufgetaucht war, um mit Henry zu sprechen. Was sich mit ihr in der Zwischenzeit ereignet hat, wissen wir nicht, aber wir werden es, da ein glaubwürdiger Zeuge leider nicht zur Stelle ist, aus verschiedenen Symptomen erraten können. Oder wir werden versuchen müssen, uns die Szene zu rekonstruieren, die sich an jenem Nachmittag in dem Louis-Seize-Appartement des ruhigen Hotels, das sie bewohnte, abgespielt hat. Wir werden versuchen, in Ermangelung eines exakten Referates, auf beiden angedeuteten Wegen so viel zu erfahren als zur Fortsetzung unserer Geschichte zu wissen unerläßlich ist. So viel und nicht mehr. Ja nicht mehr. Hier das Resultat der auf beiden Wegen erhobenen Recherchen:

Es ist wohl anzunehmen, daß Astragalus mit Madame Mae R. schon in London besprochen hatte, wie er sie malen und wie sie gemalt werden wollte. Es ist anzunehmen, daß sie schon in London zu seinem Vorschlag, nach Paris zu kommen, um »ohne bürgerliche Störungen« gemalt zu werden, denen sie in London seitens der Freunde ihres Gatten ausgesetzt war, ihr Einverständnis gegeben hatte. Es ist ferner anzunehmen, daß sie dem Künstler auch in London schon gewisse Zugeständnisse persönlicher Art gemacht hatte, Zugeständnisse, wie sie ein Künstler von einer Frau, die sich von ihm porträtieren läßt, die er also bis zu einem gewissen Grade sehr genau kennen muß, schließlich wahrscheinlich öfters fordert, als es die Allgemeinheit erfährt; öfters überhaupt, als es gut ist, daß solche Methoden publik werden, die trotzdem – vielleicht – eine unerläßliche Voraussetzung sind für das gute Gelingen eines Frauenporträts. Es ist anzuneh-

men, daß Madame Mae R. Zugeständnisse der angedeuteten Art zwar gemacht hat, sicherlich aber streng begrenzte
Zugeständnisse, sachliche Zugeständnisse gewissermaßen,
dazu bestimmt, das Werk zu fördern, ohne Nebenabsicht,
einzig und allein zu dem Zwecke, jenes unerläßlich nötige,
sehr genaue Kennenlernen, von dem ich sprach, mittels einiger Zugeständnisse eben bis zu jenem gewissen Grade, der
erforderlich war, zu ermöglichen. Erforderlich ist nun in solchen Fällen, das ist klar, wohl immer gerade der gewisse Grad,
der gefordert wird. Schwer zu sagen, ob ein großer Porträ-
tist heute lebt, der sich damit begnügt haben würde, Madame
Mae R., in die grauen Augen zu sehen, um sie daraus intuitiv
so genau zu kennen, zu erkennen, als er es braucht, um sie gut
zu malen. Ich muß hier einschalten, daß ich Mühe habe, in
diesem Punkte ganz objektiv zu bleiben. Maler, Porträtmaler,
meine ich, sollten doch ebensoviel Blick und intuitives Verständnis für eine Frau haben wie ein Schriftsteller, der sich
im allgemeinen nicht erlauben wird, auch für seine Person
jene Ansprüche zu erheben, wie sie der Maler stellt, von dem
behauptet wird, daß er es oft tut und in unserem konkreten
Falle offensichtlich weitgehend getan hat. Und es handelt sich
doch auch in dem Falle des Schriftstellers um ein notwendi-
ges, bis zu einem gewissen Grade sehr genaues Kennenlernen
jener Frau, die er zu porträtieren hat. Aber das Handwerk des
Malers ist wohl mit dem Gewerbe des Schriftstellers nicht zu
vergleichen. Das Material der Linie und Farbe bedingt schon
eine äußerlich interessantere Befassung mit der Materie des
darzustellenden Objektes, von der wesentlich anderen Art
des Auftrages an den Künstler ganz zu schweigen. Der Widerstand, den die Phantasiegestalt des Dichters – denn auch,
wenn er porträtiert, ist es eine Phantasiegestalt, die er malt,
das liegt in der Natur des Schaffens – ihm entgegensetzt, wird
nachgiebiger sein als der härtere Widerstand der Linie, der

Widerstand von Form und Farbe, auf den der Maler angesichts
des höchst lebendigen Objektes stößt. Kurz: der Dichter, der
an einer Frau vorbeigeht, kann ihren Roman schreiben, wenn
er ihr ins Auge gesehen hat. Er kann es, wenn ihr Auge ihm
nur genügend Aufschluß gibt! Dieser Kurzschluß der Intui-
tion, ein Phänomen, dem der berühmten Liebe auf den ersten
Blick verwandt, hat wohl in den bildenden Künsten nicht seinesgleichen. Oder hat es eine ähnliche Bewandtnis mit dem
satirischen Blick des genialen Karikaturisten? Gewiß ist, daß
der Porträtmaler, von dem hier die Rede ist, umständlicher
war. Von Astragalus ging das Gerücht, daß er dort, wo er als
Künstler heilig ernst genommen wurde, immer einigermaßen
weitgehende Forderungen an seine Objekte in bezug auf jenes
Kennenlernen und den Grad jenes Kennenlernens stellte, den
er – immer zugunsten des Werkes – für geboten hielt. Als charakteristisch für ihn sei erwähnt, daß er es war, von dem die
Geschichte jenes Schauspielerinnenporträts in Umlauf war:
Astragalus hatte in seiner Jugend, also zu einer Zeit, da er noch
seinen bürgerlichen Namen trug, eine große Tragödin als
sterbende Desdemona für die Galerie eines Nationaltheaters
malen sollen, aber der Auftrag war daran gescheitert, daß die
Diva die Sitzungen nach dem ersten Male abbrach; aus Angst
vor Astragalus, der ihr das Schicksal der Desdemona habe bereiten wollen, um sie zu dem für das Porträt unerläßlichen,
richtigen Ausdruck zu veranlassen … Ob das nur eine Sage
aus dem Café du Dôme und seinen Filialen in den Metropolen
der Alten Welt war, oder Wahrheit: man weiß es nicht und
möchte sich damit wirklich nicht gerne abgeben. Sicher aber
ist, daß Madame Mae R. bei der ersten Sitzung von einer ähn-
lichen Angst vor Astragalus gepackt wurde wie jene Tragödin,
obzwar doch wohl keine Rede davon war, daß Madame Mae R.
als sterbende Desdemona gemalt werden sollte. Im Gegenteil,
es ist ganz sicher, daß man von solcher Narrheit abgekommen

war: sie sollte quicklebendig gemalt werden, war verabredet, in einer auf ganz besondere Art liegenden Stellung, um den Leib einen lachsfarbenen, gestickten Seidenschawl geschlungen, mit vollendet geschminktem Antlitz, wie Mr. Douglas es liebte.

Es ist wohl anzunehmen, daß Astragalus, angesichts des begehrten Widerstandes der Linie, Form und Farbe, auf den er bei seinem Objekt heute stieß, wieder einmal in den Zustand einer Raserei geraten war, den er an sich kannte und schließlich sogar fürchtete und mißbilligte; einen Zustand, der ihn alle drei oder vier Monate einmal übermannte und gegen den er, wenn er einmal eingetreten war, nichts vermochte. Einen Zustand, der in regelmäßigen oder unregelmäßigen Zeitabständen immer wieder bei ihm ausgelöst wurde, so wie der periodische Säufer immer wieder dem Suff verfällt; eine Raserei, die so fürchtenswert wie fürchterlich, ja, abscheulich war und die auch endlich alles das begreiflich macht, was Dr. Curel und seine schon wiederholt vermerkte, einigermaßen heftige Fürsorge für seine Freunde, vorgesehen und gegen Astragalus und seinen Verkehr mit Mr. Douglas R.s Gattin unternommen hatte. Ein periodischer Narr oder Verbrecher ist wirklich nicht die rechte Gesellschaft für die entzückende Madame Mae R., auch dann nicht, wenn sie, dank dem Zureden ihrer klugen, überklugen Freundin und Cousine, von dem Genie dieses Mannes in seiner Kunst felsenfest und sogar opferbereit überzeugt ist. Seine Kunst meinethalben in Ehren, wenn es denn sein muß: aber mit der Möglichkeit zu so direkten Ausbrüchen entfesselter Raserei, mit einer solchen wilden Möglichkeit im Blute läuft man besser nicht frei herum im Leben. Es gibt dünne und es gibt kräftige Ketten, an die solche gesellschaftsunmögliche Möglichkeiten gelegt zu werden pflegen, es gibt Strafhäuser, Zuchthäuser, um es denn unzweideutig auszusprechen, Irrenhäuser und Nervenheilanstalten dafür. In welche Kategorie der Fall Astragalus gehört, das wird, ohne ein genaues Eingehen auf das beschuldigte Subjekt – eine Leistung, die erfahrenen Psychiatern und Kriminalisten überlassen werden muß –, hier nicht entschieden werden können, und ich will betonen, daß es mir fern liegt, das Problem des Falles Astragalus hier umständlich aufzurollen. Ich habe unsere Geschichte zu Ende zu erzählen und kann zum Glück davon absehen, des Näheren auf die Untersuchung eines Krankheitszustandes einzugehen, dessen Ausstrahlungen in unsere Geschichte zwar münden, ohne sie aber zu beherrschen. Darum kann ich mich mit dem Gesagten guten Gewissens begnügen, besonders wenn es noch etwa ergänzt wird durch das Vermerken von ein paar Symptomen, die wichtig sein könnten. Und sobald dies geschehen und also erledigt ist, will ich mich eilends wieder unseren Jazz-Band-Boys zuwenden, die alle fünf von beruhigenderem, heiterem Charakter sind und gewiß keine häßlichen Überraschungen befürchten lassen.

Nun zu jenen Symptomen: das erste und wichtigste, nämlich die Art, wie Madame Mae R. in Paris wohnte, ist gewiß jedem Leser schon aufgefallen. Ich habe hervorzuheben, daß Madame über Empfehlung ihrer Cousine, der Frau von St. Clair, dieses komfortable Hotel bewohnte, komfortabel nicht nur in dem üblichen Sinne, sondern auch vom Standpunkte beabsichtigter Listen und Gewalttätigkeiten aus, die nirgends präziser und unverschämter zu arrangieren sein möchten als in diesem Hause. Bleibt noch zu erwähnen, daß der Attentäter in den Einrichtungen des Hotels und in dem passiven Verhalten des spärlichen Personals wirksame Unterstützung fand und daß die Überfallene selbst des primitivsten Schutzes entbehren mußte, der einer Frau in solcher Lage von jedem Fremden geboten werden müßte, wie erst von den Verwaltern des Hauses, das sie beherbergt. Wenn Madame

Mae R. das Attentat trotzdem abgewehrt hatte, so hatte sie dies keiner fremden Hilfe zu danken; ihre eigene ängstliche Vorahnung, die bald nach Beginn der Sitzung entstand und in dem nachmittäglichen Verlaufe wohl genügend Ursache fand, sich zu vehementer Angst zu steigern, hatte mehr als alle äußeren Umstände zu dem guten Erfolge beigetragen. Erwähnt muß freilich werden, daß Tuckie, wie nicht anders zu erwarten, sich selbstverständlich als Gentleman von der Goldplombe bis zum Hinterpfötchen erwies. Inwiefern aber die so frühzeitig geäußerte Angst der sonst so kecken und resoluten Dame die Vorfälle des Spätnachmittags mehr provoziert oder aber an ihrer vollen Entfaltung behindert hat: dies vermag von den Beteiligten wohl niemand zu entscheiden, und die Entscheidung Unbeteiligter in so schwer erforschbaren Dingen erscheint uns selbst bei Aufwand der besten staatsanwaltlichen Fähigkeiten und allen psychologisch geschulten Scharfsinns wertlos. Die Realität ist reicher und bunter als alle menschlichen Fähigkeiten genügen, sie sich reich und bunt vorzustellen. Und was die wahren Motive aller Verbrechen anlangt, die begangen werden, so weiß man von ihnen, aufrichtig gesagt, trotz aller Seelenforschung, weniger als nichts. Astragalus, gewiß ein Scheusal in Menschengestalt, fühlte sich jedenfalls unschuldig an den Vorfällen dieser Stunde, ja, er betrachtete sich als das in die unausweichbare Falle seiner Triebe gelockte Opfer eines raffinierten Planes tückischer Dämonen …

Es ist gewiß absurd, daß Astragalus die Stirn haben konnte, so verkehrt die Dinge zu betrachten, die er angerichtet hatte oder anzurichten vorhatte. Aber die Absurdität darf niemanden veranlassen, von der Wahrhaftigkeit literarischer Darstellung abzuweichen, einer Wahrhaftigkeit, die anzustreben unsere publizistische Pflicht ist, auch dort, wo es leichter fiele, bloß Partei zu ergreifen. Die Partei der Dame gegen die Partei des Attentäters zu ergreifen, ist die selbstverständlichste Angelegenheit von der Welt. Bleibt zu untersuchen, inwiefern die Partei, der alles eher als unsere Sympathie gehört, Unrecht geschieht, wenn es als selbstverständlichste Angelegenheit von der Welt angesehen wird, gegen sie Partei zu ergreifen.

Ich gebe zu: ich bin in einen schwierigen Konflikt zwischen der publizistischen Pflicht und »der selbstverständlichsten Angelegenheit von der Welt« geraten. Es kann hoffentlich kein Zweifel bestehen, daß der Konflikt in einer Weise gelöst werden wird, die der publizistischen Ehre vor aller vielleicht populäreren Parteinahme gerecht werden soll.

24

Heute Nacht wollen wir aber noch einmal das Château d'Or betrachten! ... Es war unvermeidlich, daß Arpád Ritter von M. heute ein paarmal mit Baby tanzte; denn es war eine besondere Nacht unter dem in allen Zeitungen viel annoncierten Titel: »Puppenball im Château d'Or«. In solchen Nächten hatten die Tanzgirls, nach ihrem Auftreten, im Parkett in besonderen Puppenkostümen mitzutanzen. Das war eine Attraktion für die Gäste, von der sie freudigst Gebrauch machten, und M. Epstein wußte ganz genau, warum er diese Puppenbälle ankündigte und, ohne Rücksicht auf die Unkosten, in allen Zeitungen besonders groß ankündigte. Baby also tanzte ein paarmal, und sogar mehr als das, nämlich recht häufig, mit dem Eintänzer und Berufsraucher aus der fernen Puszta, also von dort, wo irgendwo an der Theiß ein Wappen in Marmor moderte, an einem verfallenen Schloßpark – joj! wo sind die Zeiten! Aber Arpád sehnte sich heute nicht nach einem Säbelduell für die Ehre einer Dame – einer Dóme, bittee! – nein, er war zufrieden, daß Puppenball war und er demzufolge ein Anrecht auf die Partnerschaft der Tanzgirls hatte. Sie waren heute alle kostümiert, auch So-Etwas und ihre Kolleginnen waren in Puppenkleidern erschienen, ein Umstand, der auf den Betrieb stets anregend wirkte und dem Champagnerkonsum in dankenswerter Weise förderlich war. Übrigens war So-Etwas seit geraumer Zeit von Arpád in peinlicher Weise übergangen, ja: brüskiert worden. Warum wohl? Nun, weil das nach außenhin stolze Kind sehr darunter litt, von dem Ultramann boykottiert zu werden, und Arpád natürlich jener Sorte von Jagdliebhabern angehörte, die dem Grundsatz huldigt: Je mehr Leid du den Einen schaffst, um so mehr Freud' wird dir bei den Anderen. Arpáds dunkle Melancholie war, aus taktischen Gründen, aber auch aus Gründen, die ganz konkret zu erfassen waren, einer mehr lebensbejahenden Stimmung gewichen. Für Menschenkenner ein Zeichen, daß er Geld in der Brusttasche hatte. Wenn Arpád Geld in der Brusttasche hatte, so langweilte er sich nicht mehr. Gewiß beschäftigten ihn die verschiedenen Möglichkeiten, wie es anzuwenden, so intensiv, daß die gewohnte Langeweile vor solcher Bewegung in Arpáds Innenleben Hals über Kopf Reißaus nahm. Diese mehr lebensbejahende Stimmung und Verfassung sprach sich deutlich aus in einer Veränderung des Ausdrucks seines Blicks: der braune Seim rieselte nicht mehr weich und grenzenlos gleichgültig, ja, ablehnend, aus den Augenhöhlen, wie einst, er drang unsagbar frech daraus hervor, und die Linien des mondänen Ekels um den Mund verbanden sich mit diesem Augenausdruck zu einer nichts Gutes verheißenden Fratze. Arpád hatte vor wenigen Tagen seine Wechselschulden bezahlt und zwei Dutzend neue Seidenhemden gekauft, dazu sehr hübsche, goldene Manschettenknöpfe mit Brillanteneinlagen und neue Mondsteinknöpfe für Hemden und Westen. Arpáds Gage war ihm ausgezahlt worden, die Beschlagnahme war aufgehoben, da alle Klagen zurückgezogen worden waren. Arpád hatte die Gage nach Unterfertigung der Quittung ungezählt in die Hosentasche gleiten lassen, und aus dieser Geste, die mit unnachahmlicher Nonchalance ausgeführt ward, konnte der physiognomisch in Artistenmienen begreiflicherweise sehr versierte Kassierer ersehen, daß die recht ansehnliche Summe für Arpád nur noch Kleingeld bedeutete. Die Monatsrechnung, die Adolphe dem Eintänzer vorlegte, wurde nach kurzer Prüfung aus der Brusttasche beglichen, wo das eigentliche Geld seinen losen Sitz hatte, ein ansehnliches Bündel neuer Tausendfrankenscheine, prächtigen Ansehens. »So splitternackt trägt man doch sein Geld nicht bei sich?!« hatte M. Epstein im Vorbeigehen eingeworfen. Aber Arpád hatte ihn keines Blickes mehr gewürdigt; denn schon bestellte er bei Adolphe seine Wünsche an die Küche für das jetzt fällige Souper.

Undenkbar, daß Henry den Puppenball auch nur für eine halbe Stunde verließ, Madame Mae R. hatte das endlich einsehen müssen. Undenkbar, daß Madame Mae R. vor Henrys Garderobe bis zum Morgen wartete. Es trat also das ein, was nicht länger hintanzuhalten war: Madame Mae R. tanzte, tanzte wirklich in dieser Nacht, nach einem solchen Nachmittag, tanzte auf dem Puppenball. Sie war zu einer Zeit erschienen, da der Höhepunkt des Treibens überschritten schien – zu einer Zeit, da alles möglich war. Die Kochlöffel und die Glut des guten Herdes hatten das Ragoût gar gemacht; das war der einzig richtige Augenblick für Madame Mae; einem Fest, das diesen Punkt erreicht hatte, paßte sie sich naturhaft, organisch an. Man sah sie einen Augenblick in Gesellschaft M. Epsteins; es wurde Champagner getrunken; dann sah man sie in den Armen Arpáds, des Eintänzers, tanzen und immer wieder tanzen ... dann sah man sie bei der Kapelle, mit

Henry anstoßend ... man sah sie da und dort im Château d'Or, lachend, tanzend, sprühend, wie sonst, weit entrückt jener ängstlichen Weile, die sie vor kurzem überstanden hatte. Aber in der Loge fünf, dort sah man sie nicht. Ganz gewiß nicht. Sie tanzte natürlich mit vielen und viele tanzten mit ihr; denn es war Puppenball, und das bedeutete Tanzdemokratie, aktives und passives Wahlrecht beider Geschlechter.

Die Insassen der Loge fünf hatten den kleinen Vorhang an der Logenbrüstung fallen lassen, so daß sie unsichtbar blieben. Waren es neue Insassen? Waren es die alten? Waren sie noch da? Waren sie fortgegangen? Es ist nicht anzunehmen, daß Mr. Douglas R. und Dr. Curel Puppenbesuch bekommen hatten, der diskret versteckt werden mußte, obzwar ich in solchen Dingen ja immer der Ansicht bin, daß viel mehr möglich ist als man so gemeinhin glaubt. Vielleicht ist aber wirklich eher anzunehmen, daß die Herren Madame Mae entdeckt hatten und nun die amüsierten Beobachter spielten, da doch besonders das Naturell des Gatten es nicht zuließ, daß man sich das Bild eines eifersüchtigen Beobachters hinter dem Vorhang hätte denken sollen?!

Jedenfalls und wie dem immer auch sei: die morgendliche Hälfte dieser Nacht zeitigte noch einige Ereignisse, die vermerkt werden sollen, weil sie der Aufhellung und dem eigentlichen Ende unserer Erzählung unmittelbar vorangingen.

Wir bleiben also weiter noch auf dem vorgeschrittenen Puppenball und haben um so mehr Ursache dazu, als ein unerwarteter Besucher erschien, um Madame Mae R. auf seine Art und Weise zum Tanz aufzufordern.

25

Astragalus war nach der Flucht der Madame Mae R. in seinem Zimmer zwei Stunden lang herumgegangen. Dann hatte er eine halbe Stunde lang gezeichnet. Dann hatte er die Kreide und das Blatt sinken lassen. Er fiel hintenüber auf die Chaiselongue und lag einige Stunden lang in krampfartigem Schlaf. Aus dem Schlaf hat ihn das Aufschrillen des Telephons geweckt. Eine dünne Damenstimme vermochte ihn wahrhaftig dazu, sich jetzt noch anzuziehen und auf den Puppenball zu fahren. So erschien er also gegen drei oder vier Uhr morgens im Château d'Or.

In der Loge vierzehn, hatte die Damenstimme gesagt, würde er erwartet.

Er ging geradeswegs die Logenreihe ab und trat in die bezeichnete Tür ein.

Eine Dame mit Maske, in grünem Seidenkleid, erhob sich und trat auf ihn zu:

»Ich fürchtete schon, Sie kämen zu spät. Aber noch ist es Zeit.«

»Zu spät? Kein zu spät. Kein zu früh. Kein rechtzeitig. Ich komme, um mit Ihnen zu sprechen!«

»Das trifft sich ja vorzüglich, lieber Freund. Meine Gesellschaft tanzt, wir sind ungestört. Nehmen Sie Platz, trinken Sie ein Glas Champagner.«

»Nicht Champagner. Burgunder, wenn ich bitten darf.«

»Aber gewiß. Nur müssen Sie sich der Mühe unterziehen und selbst bestellen. Ich läute nach dem Kellner.«

Astragalus bekam seinen roten, alten Burgunder, und eine Flasche Schwedenpunsch ward für ihn eingekühlt.

»Ich bin ganz voll, mit Ihnen zu sprechen«, sagte er in seiner ungelenken Ausdrucksweise, und begann eine aufschlußreiche Diskussion mit der uns noch immer unbekannten

Dame in der Loge Nummer vierzehn. Ich bemühe mich, seine Worte hier wörtlich zu zitieren; nicht nur, weil mir dieser Erguß wichtig erscheint, sondern auch, weil die Sprechweise dieses Astragalus eminent charakteristisch für ihn ist:

»Ich bin der unglücklichste Mensch von der Welt, Madame. Ich bin es! Keine Einwände! Sie wissen, daß ich Wahrheit spreche und nicht anders kann als Wahrheit sprechen. Leider kann ich nicht anders. Ich sage, leider. Denn ich weiß, daß mein Unglück ist, daß ich nicht anders kann! Ich kann auch darum nur Wahrheit tun, und das ist größeres Unglück, wie Wahrheit nur sprechen! Das ist größtes Unglück. Sie wissen gut, warum ich der unglücklichste Mensch von der Weit bin. Sie wissen gut, daß ich sehr liebe, was mir gefällt, zu malen. Sie wissen, was mir gefällt. Es sind Maler des Lebens, große Maler, und es sind Maler des Sterbens, größere Maler, größte Maler! Mir gefällt das Sterben, und ich habe viel gemalt, wo viel gestorben wurde. Ich habe große Bilder gemalt vom Tod in der Revolution, ich werde wieder große Bilder malen, wenn mehr gestorben wird. Ich trinke auf Ihre Gesundheit, Madame, Prosit.«

Er trank den Rotwein aus seinem Glase aus, schenkte es voll und sprach weiter:

»Sie haben mir Ehre angetan, immer, ich weiß, Sie fühlen meine große Kunst zu malen. Sie haben geholfen, wenn mir noch geholfen werden konnte. Sie haben geholfen in London und Sie haben geholfen in Paris, Sie haben einmal auch geholfen in Berlin. Und es war oft häßlich, wann Sie gekommen sind und Sie haben doch immer geholfen. Ich weiß. Die Zeit wird kommen, haben Sie gesagt, und immer Bilder gekauft und in den Keller gelegt. Alle meine Bilder sind in Ihrem Keller. Auch alle Bilder, die ich gemalt habe früher, noch mit der Fürstin. Auch die Bilder von der Fürstin, wie sie mir gestorben ist. Ich hasse meine alten Bilder, aber ich liebe meine neuen Bilder, Madame. Ich will nie so malen, wie ich meine alten

Bilder gemalt habe. Das will ich nicht, nie mehr, Madame! Geben Sie mir mein Bild zurück, Sie wissen, welches! Das letzte Bild von der Fürstin geben Sie mir zurück, damit ich es nicht noch einmal malen muß! Ich muß es sehen! Immer sehen und haben! Wenn aber nicht, so muß ich es noch einmal malen! Ich will es aber nicht noch einmal malen! Ich will nicht! Verstehen Sie denn? Ich will nicht!«

Hier richtete er sich auf. Seine Faust war auf den Tisch gestützt. Er hatte eine furchtbare Art, mit dem Blick seinen Willen auszudrücken. Das war ein Berg von einem Mann, mit einem Widerstand, wie ihn ein riesenhafter Stahlblock einem Sturmwind entgegenstellen könnte; aussichtslos jeder Versuch, mit ihm zu rühren.

Die Dame, der diese Anrede galt, erzitterte vielleicht in diesem Augenblick, aber gewiß ist, daß sie sich auch ihrerseits nicht rührte, gar nicht zu rühren versuchte.

Der Würfelmensch ließ allmählich ab von seiner gespannten Haltung, in den Block seiner Figur kam eine schwankende Bewegung, er sank in den Sessel zurück.

»Ich kann es nicht noch einmal malen!«

Das klang nur noch wie das nachgrollende Gewitter. Eingeschlagen hatte der Blitz schon. Das Wetter zog vorbei.

Aus dünnen Lippen kam jetzt Antwort:

»Was kann ich denn sonst für Sie tun als Sie zwingen, Ihr Bestes zu geben? Einmal noch als Maler Ihr Bestes zu geben?! Sie sollten mich doch verstehen und nicht versuchen, mich davon abzubringen! Ich habe Ihnen erklärt, daß Ihnen alle Bilder zur Verfügung stehen, alle, bis auf eines. Es ist um Ihretwillen, wenn ich Ihnen dies eine Bild nicht wiedergebe. Sie wissen, warum, sie geben mir in Ihren guten Augenblicken recht darin! Zwingen Sie mich nicht, einer klaren Erkenntnis untreu zu werden! Geben Sie zu, daß ich von einer klaren Erkenntnis spreche, die Sie vollständig mit mir teilten?«

Die Dame hatte die Maske abgenommen; ihre großen Augenlider hatten die Gewohnheit, sich fast zu schließen, während sie sprach. Man nennt das wohl: sie sah ihn aus zusammengekniffenen Lidern an; ja, das tat sie; mit grünen Augen an, die so schmal wirkten, wie ihre leicht gewundenen Striche von Lippen; mit Augen, die, ohne zu zucken, in das Gewitter hineingeblickt hatten, als wären sie's gewohnt, sich als Blitzableiter zu bewähren. Um so blicken zu können, hatte ihr Gesicht die Art, eine fast horizontale Lage anzunehmen: der Hinterkopf sank auf den Nacken, das Kinn – es hatte unleugbar den Ausdruck einer starken Intelligenz – war vorgestreckt, die Nasenflügel gespannt, und die Augen, schmale, grüne Streifen, blickten mit kalter Schärfe unter den Lidern hervor, während die Hände mit verschränkten Fingern, langen, knochigen Angelegenheiten, in nervösem Spiel auf dem Tische lagen. Wie konnte ein Gesicht zugleich so sehr Willensschärfe wie Müdigkeit ausdrücken?! Interesse und Skepsis? Keckheit und unendliche Gleichgültigkeit? Wie konnte so viel Ernst im Dienste eines unleugbaren Wollens und Planens so nahe neben so viel Ironie liegen, die jenem Planen frech zu widersprechen schien? Blitzableiter zeichnen sich zuerst durch Gewitterneugierde und später durch Gewitterkenntnis aus; ihr goldener Knauf, heißt es, zieht den Blitz an. Nicht aber, daß er einschlage und zünde; nein: daß er einschlage und unschädlich in die Erde abgleite! Denn Blitzableiter, wenn sie nichts als Blitzmagneten wären, würden höchst gefährliche Behelfe für die menschlichen Behausungen sein. Sie sind darum zwar Blitzmagneten, aber mit Erdleitung. Dieser Umstand macht es erklärlich, daß sie mit den Gewittern auf vertrautem Fuße stehen, daß sie aber auch mit den Dächern und Schloten und Türmen der menschlichen Wohnstätten, auf denen sie stehen, innige und freundschaftliche Verbindung wahren. Die Funktion des Blitzableiters ist eine eminent feminine Funktion. Kann man ihre Wichtigkeit überschätzen?! Wenn man dem Wesen des Gewitters nachdenkt, dann kann man es nicht. Man kann sich aber über eine Sache klar werden, die man vielleicht noch nicht bedacht hat: das ist die Gefährlichkeit eines Blitzableiters, der, sprechen wir menschlich: Ursache hat, Rache zu nehmen; die Gelegenheit zur Rache ist zu einer Hälfte er selbst und seine Funktion, und zur anderen Hälfte räumt sie ihm das, was ihn verursacht hat, ein: das Gewitter. Eine Vereinigung solcher zwei Hemisphären von Gelegenheiten muß die gleiche Wirkung haben wie das Werkzeug in der Hand seines Meisters, das Messer in der Hand des Schlächters, die Kugel im Lauf und der Finger des Jägers am Drücker … Wer Werkzeug ist? Wer Meister? Kennt man das Spiel: »Schneiderlein, leih mir die Scher'!« und erinnert man sich an den steten Platzwechsel in diesem Spiel? Das Wesen solcher Spiele ist der stete Platzwechsel, und unsere Frage nach Werkzeug und Meister ist im Wesen mit dem Hinweis auf diesen steten Platzwechsel wohl am besten beantwortet …

Der Würfelmensch grollte noch, aber die Plätze waren jetzt so verteilt, daß er deutlich als Werkzeug erschien, und die Dame mit der sonderbar zwiespältigen Physiognomie als sein Meister. Bevor seine Flasche Rotwein ausgetrunken war, hatte der Meister dem Werkzeug wieder einmal klargemacht, daß jenes Bild, das letzte Bild einer Fürstin, das, wie sie beide behaupteten, ein so unsterbliches Kunstwerk war, in dem Keller des Schlosses Watford aufbewahrt bleiben mußte, sollten neue, diesem würdige Meisterwerke entstehen. »Die Fürstin war meine liebe Freundin, und Sie wissen, warum ich Sie nach ihrem Tode die Bekanntschaft meiner Cousine machen ließ. Ja, freilich, nur darum, weil sie der Obulenska ähnlich ist, weil ich für Ihre Künstlerschaft meine ganze Hoffnung auf diese Ähnlichkeit setzte, die das Schicksal doch gewollt hat, sonst hätte es genug andere mondäne Puppenmodelle gehabt, um meine Cousine, die Frau eines Londoner Durchschnittsgentleman mediokersten Geisteskalibers, danach zu formen. Mein Arrangement hat sich bewährt, geben Sie das zu, Mae ist endlich dort, wo wir sie haben wollten, nicht nur örtlich, auch psychisch ist alles präpariert. Mae will nur von Ihnen gemalt sein, sie ist so weit, alles mit in Kauf zu nehmen, was ihr als unerläßliche Bedingung eingeredet wurde; auf die lächerlichsten Dinge, die Sie sich haben einfallen lassen, ist das Kind eingegangen. Sparsamkeit mit Küssen habe ich ihr als Sünde wider den heiligen Geist der Malkunst hoffentlich so ausgetrieben, daß Mr. Douglas sein blaues Wunder erleben dürfte, wenn sie zu ihm zurückkehrt, was die dümmste Dummheit wäre, die wir zulassen dürfen, wenn wir von Ihrem Genie und der phantastischen Ähnlichkeit der Lebenden mit der Toten noch den geringsten Nutzen für die Kunst und für Ihre Existenz als Künstler sehen sollen!« ...

Sie hatte zu diesem Thema viel zu sagen, und sie sagte es.

»Aber, zum Teufel, Madame, Sie spielen mit Feuer. Sie waren nicht da, wie ich anfangen wollte zu malen und nicht konnte, nicht konnte! Verstehen Sie mich?«

»Nein. Absolut nicht.«

»Die Fürstin hatte denselben Mund. Die Fürstin hatte dieselbe Haut. Eh – nicht konnte! Ich sag' doch: nicht konnte!«

»Ich habe von Ihnen keine so sentimentale Reaktion erwartet.«

»Nicht sentimentale Reagenz, Madame. Reine Sinnlichkeit, Madame. Starke Reagenz. Eh – ich sag' doch: nicht konnte, nicht konnte zeichnen Skizze zum Malen! Nicht konnte!«

Die Dame schüttelte den Kopf und lenkte ab.

»Trinken Sie von dem Schwedenpunsch, die Flasche ist eiskalt.«

Sie schenkte ihm ein.

»Ich glaube, wenn mich nicht alles täuscht, dann ist die Welt eben daran, die letzte Hoffnung auf eine hohe Künstlerschaft aufzugeben!«

Sie blickte vor sich hin, dann über die Logenbrüstung hinunter in das Gewimmel der Tanzenden.

Der Würfelmensch hielt das Glas gegen das Licht, zuckte mit den Achseln, tat einen Löffel Eiskörner in den Punsch und begann ihn wütend in sich einzusaugen. Dann zerdrückte er den Strohhalm in der Hand, warf die Reste zu Boden, wandte sich heftig zu Frau von St. Clair – denn Frau von St. Clair war natürlich seine Gesprächspartnerin in der Loge Nummer vierzehn, das hat der Verlauf des Gespräches wohl klar erwiesen – und rief:

»Wollen Sie –? Bitte, ich bin bereit.«

Frau von St. Clair wies auf das Tanzparkett, wo sie einem Paare mit den Blicken gefolgt war:

»Sie tanzt mit dem langen Schwarzen da, sehen Sie ihn?«

Der Würfelmensch, hinter dem Vorhang versteckt, suchte mit den Augen, fand und wandte sich zur Tür:

»Gut, ich werde sie zum Tanz auffordern. Auf meine Art.«

»Bleiben Sie!« Frau von St. Clair stand auf. »Ich mache das viel besser.«

Und sie ging in den Saal hinunter, während der Würfelmensch sich auf den Tisch stützte, auf das Tischtuch vor sich hin stierte, und endlich mit einem Strohhalm darauf zu zeichnen versuchte.

26

Dieses Kapitel wird von dem Spiel mit dem Feuer zu erzählen haben, dessen eine Phase wir in dem letzten angedeutet haben. Von allen Seiten wurde in dieser Nacht mit dem Feuer gespielt, eine Erscheinung, wie sie meistens zu beobachten ist, wenn dieses Spiel in einem bestimmten, menschlichen Umkreise erst einmal zu spielen begonnen wurde. Feuerverspielt war neben der Frau von St. Clair, deren Spielmotiv wir, sei es auch nur andeutungsweise, kennen, auch der alte M. Epstein. Sein Spielmotiv war zunächst wohl selbstsüchtiger Natur: es galt, Mademoiselle Baby von Henry fortzukriegen, zu dem sie offensichtlich unglücklich tendierte, und diese Tendenz womöglich zu Arpád hinzulenken. Arpád war zugänglicher Natur, und Epstein war in allem, was er tat, impulsiv ziel- und zweckbewußt. Die Kenntnis der Gesetze der erotischen Polarität gestattet einem Jeden, junge Menschen als Automaten übers Seil springen zu lassen und auf Drähten zu ziehen. Imponderabilien, die den gesetzlichen Ablauf stören, bringen die natürliche Konsequenz des Spieles aber manchmal ins Stocken, und hier beginnt es dann, interessant zu werden. Hier setzen wir also mit einem Einblick in die Verhältnisse, wie sie sich entwickelt hatten, ein:

Baby, die zur automatischen Funktion der Eifersucht geführt werden sollte, versagte in diesem Spiel. Arpád mochte sich noch so auffallend um Madame Mae R. bemühen: Baby blieb kalt und bewährte sich also nicht ganz als Weib. M. Epstein traute seinen Augen erst nicht, dann goß er Öl ins Feuer und schürte es mit allen Mitteln, die einem alten Spielroutinier geläufig sind. Wenn man von den kleinen, unvermeidlichen, triebhaften Wirkungen absieht, denen sich kein Femininum ganz entziehen kann, sobald seiner Natur solche Fallen gestellt werden, so ist zu sagen, daß Baby sich der Anziehungskraft des aus den Akkumulatoren der Fraueneifersucht schlau geladenen Magneten nicht unterwarf. Arpád brannte demzufolge lichterloh hinter Madame Mae R. her, und M. Epstein legte immer noch Scheite zu. Je höher die Flammen hier schlugen, um so eher konnten sie hoffen, den ersehnten Feuerplatz für ihre verschiedenen Zwecke mit entzündet zu sehen. Madame Mae R., die kaum erst dem Feuer entronnen, schon wieder Freude am Spiel fand, denn, offen gesagt, solches Spiel war immer schon ihr Lieblingssport gewesen, ging herrlich auf alles ein: Henrys Gegenwart hatte ihr das volle Gefühl der Sicherheit gegenüber dem Wahnsinnigen gegeben, der mit der abnehmenden Gefahr auch an Anziehungsinteresse verlor. Henry raste an seiner Geige, da er die gesteigerte, gespielte Verliebtheit der Madame Mae zu dem Eintänzer immer deutlicher wahrnahm. An Henry bewährte sich das System der greulichen Automaten, zu seiner Schande sei es gesagt, viel besser als an Baby. Er hatte nur noch für die englische Dame Augen und vernachlässigte Baby so vollständig, daß diesem Kinde wirklich nichts anderes übrig zu bleiben schien, als heroisch zu resignieren oder die angebotene Spielpartnerschaft anzunehmen und ihrerseits zu versuchen, Henry durch Eifersucht zu gewinnen, was wiederum nur mit den Mitteln automatischer Funktion möglich gewesen wäre. Baby verschmähte sie. Sie war darin wirklich ein Baby. Sie bediente sich des schäbigen Mittels erfahrener Erwachsener nicht: sie tanzte noch, aber sie war nicht mehr da. Ihr blaues Auge splitterte irgendwohin in eine Ferne, die sich, wie der Himmel ihrer Heimat, über Baby öffnete; dort war Baby, weit weg von hier, wo nur eine Geste ihres schönen Kinderstolzes das Gehäuse bewachte, das von Babys Wesen zurückgelassen worden war: eine Körperform ohne Inhalt. Arpád glühte für die leckere Attrappe, die von Baby auf dem Ball geblieben war, in einer Begehrlichkeit, die er von M. Epstein geliehen zu haben schien; die beiden steigerten ihre Gefühle, einer an dem anderen, als vertraute Spielroutiniers. Henry, mehr Autodidakt auf diesem Gebiete, hatte verzerrte Züge bekommen: leidenschaftlichere Disharmonien hat er noch nie seinem Instrument entlockt als heute. Er war das Opfer jenes verruchten Spieles geworden, daß um ihn herum für fremde Zwecke gespielt ward. Epstein glühte auch vor Freude am Spiel, obzwar er nur Nebenzwecke erreicht hatte bisher und das Hauptziel sich ihm versagte. Er spielte wie die wahren Spieler, des Spiels wegen, nicht nur auf Gewinn. Der mußte kommen, der blieb in keinem Spiele aus, auch in dem verlustreichsten gab es immer jenen Augenblick, der das Leben lebenswert machte: wo man gewann. Das wußte niemand besser als M. Epstein … Astragalus spielte sein eigenes, düsteres Spiel, das sich gegen Morgen zu immer mehr umdüsterte, je weiter er Madame Mae entschweben sah in die Gebiete, wo in der wilden Puszta irgendwo ein Marmorwappen moderte. Astragalus spielte seinen Cellopart in allen Farben der Trauer; denn traurig war sich sein Lied bewußt, daß es ein Schwanengesang war; ein Tier begrub wieder einmal einen Menschen in diesem Lied, und ein Tier nur blieb zurück. Das war eine düstere Melodie, und dem Celloton verschwisterte sich ein grausiger Laut, nicht vom Saxophon des Lebens, vom Saxophon des Todes herkommend, schrecklich anzuhören …

Aber auch die Flöte des Mr. Douglas R. war mit vom Spiel, fröhliche Läufe und belustigte Fragen und Blicke und Einwände in Ernst und Angst zeugten in Tönen davon. Das Spiel der Frau von St. Clair vervollständigte das kleine Orchester: ein verhängnisvolles Spiel, so harmlos es auch klang, ein Spiel der Feindseligkeit und Rache. Was es für Laute waren? Was für ein Instrument? Ich werde einen Musiker darüber befragen, ob das Instrument schon erfunden worden ist, das Gift und Mord, Anstiftung zum Mord aus Rache, so deutlich zum Ausdruck bringen könnte, wie es hier geschah. In Frau von St. Clairs Wesen waren wohl viele Jazzinstrumente höllischen Ursprungs versteckt, und heute hörte man sie deutlich aus der grellen Musik heraus, wie sie das Nachtstück ihrer Intrige in ein vorbestimmtes und kaum mehr abzuwendendes Finale hetzten.

Wie es, das Finale, dann doch abgewendet wurde? Oder sagen wir: abgelenkt? Das ist eine seltsame Geschichte, die wert ist, erzählt zu werden.

27

Wir haben Frau von St. Clair in den Saal hinuntergehen sehen, offensichtlich in der Absicht, Madame Mae zu begrüßen und den Plan – den bestimmten Plan, den sie, Frau von St. Clair, mit der befreundeten Feindin hatte – rasch zu fördern.

Es war ein kurzer, aber verhängnisvoller Weg.

Mr. Douglas R. hatte sie, aus seinem Ausguck hinter dem Vorhang der Loge fünf, auf Madame Mae zuschreiten sehen und, trotz Gesichtsmaske, die sie wieder vorgetan hatte, sogleich erkannt. »Fanny!« rief Mr. Douglas aus.

»Hören Sie, Curel, ich glaube, hier geht es heute nicht mit rechten Dingen zu!« Es ging wirklich nicht mit rechten Dingen zu. Curel hörte diese Worte seines Freundes gar nicht mehr, denn er stand bereits im Logengang und fing die süße, junge Dame ab, die eben die Stufen emporgeeilt kam. Es war Mademoiselle So-Etwas.

»Charmant, gerade Sie, gnädiges Fräulein, zu treffen. Ich wollte eben in den Saal gehen, um Ihnen zu sagen, daß Sie zwei Bewunderer hier haben, die sich beehren, Sie zu einem Glase Champagner zu laden!«

So-Etwas war ein wenig verblüfft. Dr. Curel aber bot ihr schon den Arm. Ältere Herren aus England waren sehr beliebt bei So-Etwas. Sie nahm den Arm des so erstaunlich galanten, fremden Herrn und er führte sie, ohne zu zögern, den Logengang weiter bis zur Nummer dreizehn. Hier traten sie ein. Auch diesen Weg muß man als einen besonders verhängnisvollen bezeichnen; denn er führte zu Konsequenzen, die entsetzlich für die einen, glücklich für die anderen wurden.

Bald darauf sah man den Kellner in diese Loge Speisen und Champagner bringen. Und wenn ich nicht irre, verschwand nun auch Mr. Douglas R. selbst in dieser Loge mit der Unglücksnummer dreizehn, wo die beiden Herren dem graziösen Mädchen ein köstliches Morgendiner servieren ließen, in so unmittelbarer Nachbarschaft jener Loge vierzehn, deren Insassen wir kennen. Übrigens hörte man in der Loge dreizehn jedes Wort, das nebenan gesprochen wurde.

Ich hatte den Weg verhängnisvoll genannt, den Frau von St. Clair von ihrer Loge aus in den Saal gemacht hatte, weil Mr. Douglas sie erkannt hatte, eben, da sie seine Frau begrüßte.

Verhängnisvoll war dabei aber noch ein zweiter Umstand: Frau von St. Clair lernte in der Gesellschaft Madame Maes den letzten Ritter des Nachtlokales, Arpád, kennen. Sei es, daß Madame Mae so meisterhaft auf das Spiel eingegangen war: Frau von St. Clair jedenfalls geriet in dem Augenblicke selbst unter das Diktat des Spieles, da sie Madame Mae in Flammen stehen sah, in Flammen, die dem Ungarn galten. Madame Mae, das wußten sie alle nicht, verstand den Zauber, mit bengalischem Feuer echtes vorzutäuschen. So betrog sie alle, nur den nie, von dem geglaubt wird, daß sie ihn stets betrog: Mr. Douglas.

Arpád fand es sehr hübsch, daß das Feuer für ihn in der Damenwelt so rasch um sich griff. Sein Weizen blühte in solchem Klima, wie einst der wahre Weizen seiner Vorväter, üppig und herrlich. Baby, rechnete er, mußte binnen kurzem wie Wachs in seiner Hand sein. Und – wenn nicht – joj, zwei Damen, bitteee, zwei Damen standen da, entbrannt für Arpád. Was für Geschichten also mit Baby, wenn sie, wider Erwarten, auf so viel automatisch entzündliche Lunten nicht reagierte? Arpád hatte Geld in der Brusttasche, wir wissen es. Der alte

Epstein mochte ihn, schlimmstenfalls, gernhaben. Madame Mae war so schön, so reizvoll wie die Perlenschnur der Frau von St. Clair, ein Schmuck, der bei blutarmen, dünnlippigen, müde aussehenden Damen der großen Gesellschaft, in gewissen Fällen, die nicht näher bezeichnet werden müssen, locker sitzt. Arpád schätzte die Perlenkette höher ein als die Vorteile, die der von M. Epstein versprochene Kontrakt ihm bot, ein schöner Kontrakt, der aber nur Rechtskraft erlangen sollte, wenn ein ganz bestimmter Fall eintraf. Die Vielfältigkeit des Lebens aber hatte für den Fall vorgesorgt, daß jener bestimmte Fall nicht eintraf, und Arpád sah die Zwickmühle einer Situation, deren Herr er werden wollte, schon geöffnet. Demzufolge brannte er auch wie ein Zigeunerprimas, dem, wie sich's gebührt, eingeheizt worden ist. Heute ging das Spiel, das Spiel mit dem Feuer, bis zur Weißglut der Spieler, die über das Spiel ihre Rechenexempel vergessen hatten, derentwegen sie zu spielen begonnen hatten. Veränderlich, wie das Feuer, sind auch die Resultate des Spiels mit ihm.

Aus den Gesprächen, die in jenen Stunden stattfanden, führe ich in dem folgenden nur gelegentlich einige Dialogstellen an, aus denen auf die Beziehungen geschlossen werden kann, wie sie sich entwickelt hatten. Wenige waren konstant geblieben. Die meisten hatten sich verwandelt.

28

Das Saxophon, traurig und komisch zugleich, jammerte erschütternd durch den Raum, herzerschütternd und zwerchfellerschütternd in einem Atemzug, wie es der Charakter des Saxophons mit sich bringt. Katzenjammer und Galgenhumor, die beiden Elemente der zeitgenössischen Geselligkeitsformen, teilte der Saxophonklang dem Tanzparkett mit, in dessen buntem Gewimmel wir auch noch um die fünfte Morgenstunde hier und dort ein bekanntes Gesicht bemerkten.

Aber der Kochlöffel hatte gründliche Arbeit geleistet. Der Wirbel hatte alles durcheinander getan. Manches, das geglaubt hatte, zueinander zu gehören, war auseinandergerissen. Anderes lag beieinander. Das Ragoût im Château d'Or geriet in immer neue Grade immer vollkommenerer Mischungen, je mehr diese Nacht mit ihrem Puppenball zur Neige ging. Wir wollen die absurden Folgen, die der verrückte Jazzwirbel hier angestellt hatte, bald verlassen, und uns den weiteren Konsequenzen zuwenden, deren Anblick alle Veränderungen erklären wird, die zum Schlusse jener Nacht eingetreten waren. Radikale Veränderungen, überraschender, als wir sie vermuten konnten. Die Realität sollte wieder einmal alles in den Schatten stellen, was die arme, menschliche Phantasie aussinnen kann.

Aus der Loge Nummer dreizehn ist noch zu berichten, daß Mademoiselle So-Etwas sich zwar in sehr distinguierter und angenehmer Gesellschaft befand, was sie, die gut zu beobachten wußte, für sich unbedingt feststellen mußte, wenn sie sie mit der, aus dem zufälligen Auftrieb der Herren, die das Château d'Or in der Zeit des Frankenfalls besuchten, ihr sonst gebotenen verglich: aber daß So-Etwas, angesichts ihrer heutigen Partner, Gelegenheit gehabt hätte, jene kokette Bezauberung auszuüben, für die sie in ihren Kreisen berühmt war, das läßt sich nicht behaupten. Mr. Douglas hatte sich von Beginn an in die Rolle des Sekundanten zurückgezogen, und Dr. Curel spielte die Rolle des galanten Angreifers nicht ganz so glaubwürdig, wie er es gerne gewollt hätte. So-Etwas empfand richtig die Rollen der Herren als irgendwie vertauscht, aber heute wollte es ihrer Kunst nicht gelingen, die gewollte Umdrehung herbeizuführen. Mr. Douglas erwies sich standhaft. Schuld daran trug aber wirklich nicht die Kunst der kleinen Dame, deren Charme aus einer Dosis überaus verführerischer,

leichthin proletarischer Grazie, verbunden mit dem hochade-
ligen Reiz ihrer guten Rasse bestand. Die Schuld lag außer-
halb der Loge Nummer dreizehn, in der Nachbarschaft, von
wo störende Einwirkungen auf das Terzett festzustellen waren. So ergab es sich zum Beispiel, daß Mr. Douglas, während
So-Etwas ihr Mündchen zu dem reizendsten Lachen verzog,
das ihn sonst entzückt haben würde, eben einen Blick des
Einverständnisses mit Curel wechselte, dessen Lippen lautlos ein Wort formten, das ihm wohl sehr wichtig schien. Er
hatte hierbei, wie schon öfters während dieses Soupers, den
Kopf an die bespannte Wand zurückgelehnt, und sein Gesicht,
trotz der Maske des Rauchers, die er vorsorglich aufsetzte,
zeigte den gespannten Ausdruck, wie er beim Nachdenken
oder auch beim Horchen entsteht. In der Nebenloge wurde
mit verhaltenen Stimmen gesprochen: Gewitter und Blitzableiter unterhielten sich in erregter, etwas närrischer Weise
mit dem Dachfirst einer menschlichen Behausung ... und in
der Loge dreizehn bestand ein unleugbares Interesse an dem
Gespräch. So-Etwas merkte zunächst nichts, denn die Herren
benahmen sich einwandfrei und keiner von beiden hätte es
über sich gebracht, den wahren Zweck ihres Hierseins direkt
merken zu lassen. Nein, Dr. Curel bemühte sich in sehr netter
Weise, der kleinen Anglerin auf den Köder zu gehen, was ihm
vielleicht gar nicht schwer gefallen wäre, wenn nicht immer
wieder gewisse Worte aus der Nebenloge intensiv an seinen
Gehörsinn appelliert haben würden. So geschah es, daß eine
galante Antwort, die erwartet wurde, ausblieb oder zu spät
kam. Und die Szene verlor für ein kluges Mädchen, das So-
Etwas ganz gewiß war, ihren Sinn. Mehr Verständnis für die
Situation bekam das Mädchen erst, als das Gespräch in der
Nebenloge lauter wurde und das Terzett zwischen Gewitter, Blitzableiter und Dachfirst von Arpáds Stimme gekreuzt
ward. Da So-Etwas jetzt selbst horchte, denn Arpáds Wort be-

lebte ihr die Situation mit einem neuen Impuls, ertappte sie ihre Partner bei Blicken, die, wie die ihren jetzt, vom Horchen ablenken sollten. Und sie begriff, daß sie ein Vorwand war, und also doch wieder nur So-Etwas blieb. Sogleich änderte sie ihre Taktik. Ihr Horchen galt nun, mehr noch als der Stimme Arpáds, der Stimme seiner Partnerin, deren Laut sie mit den Kräften der Eifersucht einsog, einsog wie in ein Vakuum. Man sprach dort von der Gefahr, und von der Liebe zur Gefahr. Astragalus dozierte von dem Widerstand der Form und von dem erwünschten, aufregenden Widerstand der Form. Arpád fand den Charleston, wie er ihn tanzte, für eine höllische Gefahr, und Frau von St. Clair, die sich ihr auszusetzen von Herzen bereit war, stimmte mit ihm darin überein, daß jeder neue Tanz das Herz der Modedame wirklich gefährden muß, wenn der Tänzer darin sehr perfekt ist.

Madame Mae R. – es war eine nicht sehr glückliche Idee, diese glühende Beweglichkeit mit einem Dachfirst zu vergleichen, aber es geschah, um den alten Vergleich, der viel für sich hatte, nicht gerade dann fallen zu lassen, wenn er so stark bestätigt werden sollte, wie es hier geschah – Madame Mae R. also hielt von der Gefahr allerlei: »Was gewinnen Sie denn, Gnädigste, wenn Sie sich ihr aussetzen?«

»Was! Immer wieder: neue Lebenslust!«

Und höhnisch herausfordernd maß sie das Gewitter mit verächtlichem Blick ...

Wenn wir aber alle die Fäden der Beziehungen weiterverfolgen wollten, wie sie unser Figurenensemble in dieser wirren Stunde durcheinander spann, so würden wir zwar den Weg eines jeden Fadens bloßlegen können, aber ich weiß nicht, ob für das Verständnis des ganzen Gewebes viel damit gewonnen wäre.

Wir sind an dem Knotenpunkt angelangt, wo alles zusammenkam, um, nach höchst mannigfältiger Vermengung, jedes seinen Weg weiterzugehen. Wir müssen nicht dabei sein, meine ich, wenn Henry Wind bekommt, davonrast und – in jenem hübsch dekorierten Salon eines stillen Hotels – mit Astragalus aneinandergerät, dem sich in ihrer Verzweiflung Baby opfern wollte, damit Madame Mae R. verschont bliebe, in der das aschblonde Tanzmädchen Henrys wahre Liebe zu erkennen glaubte. Wir müssen nicht dabei sein, wenn Henry diese Opferbereitschaft Babys als unüberbietbaren Beweis aufrichtiger Liebe empfand und mit der Erkenntnis erwiderte, die nun leidenschaftlich zutage trat als begeistertes Empfinden für Baby, die von ihm so sehr geliebt ward, wie sie bis dahin ihre Nebenbuhlerin geliebt glaubte. Wir müssen nicht dabei sein, wenn Arpád mit Frau von St. Clair des Näheren bekannt wird und Vorteile aus dieser Bekanntschaft zieht, um den Entgang aus dem Vertrage mit M. Epstein, ein Vertrag, der nicht perfekt werden konnte, weil seine Vorbedingung nicht erfüllt ward, wettzumachen. Wir müssen nicht dabei sein, wenn Madame Mae die Anwesenheit der Londoner Herren im Château d'Or heimlich merkt und zu einem neuen Spiel mit dem Gewittermenschen nützt, auch Würfelmensch genannt, einem Spiel, das sich in seiner Grausamkeit von dem Spiel, das er selbst zu spielen da war, nicht dem Grade nach zwar, aber sonst in allen anderen Umständen unterschied. Wir müssen nicht dabei sein, wenn der zweimal enttäuschte, immer noch frei herumlaufende Astragalus eine üble Morgenstunde mit dem ahnungsvollen Arpád verbringt, in einer Fuselkneipe, wo Astragalus in den Besitz eines Wohnungsschlüssels gelangt, der ihm endlich Gewährung seines Wahns, Entladung seines Gewitters verspricht. Wir müssen am allerwenigsten dabei sein, wenn So-Etwas, dem niedergleitenden Blitz als Ziel geboten, seinem verdammenswerten Strahl erliegt.

Wir müssen, meine ich, überhaupt nicht dabei sein, wenn unser Figurenensemble in eine Katastrophe hineingleitet, die vielleicht einer Kolportagegeschichte zu einem aufregenden Höhepunkt gereichen würde, einer Jazzsymphonie aber keinen Schlußsatz abgeben darf. Es ist wieder zu sagen, daß es andere Gesetze sind, denen die Musik dieser Seiten untersteht, als es die Gesetze einer Sonate für Klavier und Geige sind oder auch eines banalen Operettenfinales.

Die Geschichte der fünf Jazz-Band-Boys ist zu Ende, bevor sie sich zu schönen Komplikationen und aus diesen zur ersehnten Lösung hin entwickelt hat. Was aus Punch und Siegi und Tobby und Tino geworden ist? Jazz-Band-Boys. Und dann: Jazz-Symphoniker. Und aus den Tanzmädchen mit den hübschen englischen Namen? Freundinnen ihrer Partner; Gattinnen meinethalben; und was aus Tanzmädchen wird, wenn die Zeit des süßen Girltums vorüber ist?! Herbstliche Betrachtungen zu diesem uralten Thema anzustellen weigere ich mich, weigere ich mich auf das Entschiedenste. Wenn man wissen will, was aus einer Siebzehnjährigen werden kann, dann lese man es in Maupassants unübertrefflichem Roman »Ein Leben« nach, und versuche es, nach dieser Lektüre eine Siebzehnjährige anzusehen, ohne melancholisch zu werden in dem Gedanken an ihre Zukunft.

Ein Jazz-Roman hat das Recht, mitten in der Wiederholung eines Motivs leise auszuklingen und einfach zu Ende zu sein. Dieses unveräußerliche Recht in dem ersten Jazz-Roman zu wahren, der nach den Gesetzen der Jazzmusik entstanden ist, muß mir selbstverständlich gestattet sein. Wenn ich mir trotzdem noch die Freiheit nehme, dem Saxophon etwa ein Nachspiel zu gewähren, leise untermalt von Geige, Klavier und Trommel, so mag man darüber ungehalten sein oder nicht: ich muß es dabei bewenden lassen. Das Jazz-Instrument ist schwer zu beherrschen, es geht gerne seine eigenen Tonwege, und ich lasse es also hier noch einmal zu Worte kommen, wobei ich die Furcht nicht ganz unterdrücken kann, daß es dem Jazz-Charakter, seinem eigensten Charakter also, einen Streich spielen könnte. Aber auch dagegen kann ich nichts ausrichten; denn ich bin meinen Instrumenten nun einmal, im Rahmen dieser Erzählung, ganz und gar verfallen.

(Ob ich nicht nächstens lieber wieder Kammermusik mache?)

29

... Es war zur Stunde des emporzuschlagenden Mantelkragens, wie Henry sie zu nennen pflegte, da ein Herr, mit emporgeschlagenem Mantelkragen also, auf dem Trottoir gegenüber dem Hotel Lambert auf und ab ging. Er hatte die Hände in die Taschen gebohrt, es war ein kalter Morgen. Die Straßen lagen leer und finster in einem tragischen Regenschauer, der mit dem Ausdruck höchster Abspannung und selbstmörderischer Trauer, wie nur diese Stunde sie kennt, in Wind und Weh vor sich ging. Große Tropfen, von eigenwillig drängendem Wind dazu vermocht, aus ihrer Lethargie herauszukommen, klatschten an Wände und Fensterscheiben. Eine schauerliche Einsamkeit bestimmte diese Weile, undefinierbar und unerklärlich jämmerlich ans Herz greifend, wie ein Schrei von dem Klavier Beethovens, wie ein Gedicht von Lenau.

Der Mann, der da auf und ab ging vor dem Hotel Lambert, blieb stehen; der Wind blies ihm die dicken Tropfen in die Kleider; der Mann aber sah in den Regen und in sich hinein; denn er sprach mit sich selbst, und durch seine Zähne schoben sich die Worte:

»Traurig ... traurig, wie nach dem Tod ...«

Dann wandte er sich um, flüsterte noch einiges Unverständliche, und ging weiter auf und ab vor dem Hotel Lambert. Da er wieder einmal eine Wendung machte, stand der

Schatten eines jungen Mannes vor ihm. Auch er hatte den, zerschlissenen, Mantelkragen hochgeschlagen.

»Mein Herr, Sie scheinen mir vertrauenswürdig. Wenn Sie eine Schreibmaschine kaufen wollen? Frische Ware?«

»Kein Bedarf, danke. Leider nichts zu machen. Nicht mein Ressort.«

Der Schatten des jungen Mannes musterte den älteren neugierig, dann wandte er sich, zögernd, zum Gehen.

Aber er kehrte wieder um und holte den anderen unter der Laterne ein:

»Ringe? Schöne Tabatièren? Sehr billig?«

»Danke, auch kein Bedarf.«

»Zigaretten, Opiumzigaretten?«

»Her damit! Geben Sie, bitte.«

Und der junge Mann packte bei dem flackernden Gaslicht den bunten Inhalt seiner Rocktasche aus und bekam für eine Schachtel Opiumzigaretten den geforderten Lohn.

»Wir sollten einander kennen?«, meinte er, da sie das Geschäft abwickelten und er den Herrn näher ansah. Dann kniff er die Augen zu und suchte in seiner Erinnerung, in der ein rechtes Durcheinander zu herrschen schien, wie in seiner Rocktasche, sofern dieser Schluß aus den Gesichtszügen des jungen Mannes erlaubt ist. Der andere sah ihn mit verschlossenem Ausdruck an und wußte Bescheid. Spontan reichte er ihm die Hand:

»Sie haben in meinem Prozeß aussagen sollen, gegen mich aussagen sollen, mein Herr. Aber Sie haben nichts gegen mich ausgesagt. Sie waren nicht da. Ich danke Ihnen dafür!«

Der junge Mann erinnerte sich jetzt sehr genau des Herrn, mit dem er da gegenüber dem Hotel Lambert stand, um vier Uhr morgens. Er hatte ihn nicht leicht erkennen können, denn der »graziöse Athlet« von einst hatte graue Schläfen bekommen, und er sah weder athletisch aus noch auch sehr graziös. Die vier Jahre Strafhaus hatten ihn mitgenommen.

»Sie sollen mir nicht danken, ich habe mich zu Ihrem Prozesse einfach nicht gemeldet, das war alles. Und auffinden konnten die mich damals nicht, trotzdem Dr. Curel und sein stumpfnasiger Detektiv wie wild hinter mir her waren. Sie haben einen Belastungszeugen gebraucht, um Ihnen den Genickfang zu geben.«

Die beiden stellten aneinander, ihren guten Traditionen gemäß, keine Fragen, wir konnten also nicht leicht erfahren, wann und auf welche Weise der junge Mann aus London nach Paris gekommen, und warum Astragalus, nach Abbüßen seiner vier Jahre, in Paris geblieben war. Warum aber auch neugierig sein? Genug, sie verbrachten die Stunden bis zum Anbruch des Tagwerkes der Anderen in gewohnter Weise in den kleinen Bars, die um die Hallen herum, wie in Soho, die ganze Nacht über offen halten. Und wir erfuhren von ihnen, ohne daß sie darüber viele Worte verloren, daß sie unabänderlich so dahinlebten wie in den Jahren, da sie einander in London begegnet waren, in geraumen, unregelmäßigen Zeitabständen begegnet waren, immer wieder, ohne einer den anderen zu kennen.

Sie tranken einige heiße Grogs an diesem Morgen und rauchten die Opiumzigaretten des jungen Mannes, dem Astragalus seinen kleinen Vorrat abgekauft hatte.

»Mein Verkehr mit gut gewaschenen Herrschaften beschränkt sich nur noch auf gewisse Geschäfte«, deutete der junge Mann an. »Sehen Sie das Kanalgespenst dort hinten? Sie setzt sich eben ganz hinten an die Bar. Es ist Dédé, meine gute Freundin.«

Astragalus rauchte die dritte Opiumzigarette. Er hörte mit halbem Ohre zu, aber das genügte; denn der Geist ist so wach auf der einen, tätigen, wie traumselig eingeschläfert auf der anderen, betrachtenden Seite, wenn er der guten Droge zugesprochen hat, deren er nicht mehr entraten kann.

»Gute Freundin für Sie?«

»Gute Freundin.«

»Letzte Freundin, die sich von mir malen lassen wollte, war gute, schöne Baby … Dann hat man mir schon den Prozeß gemacht.«

Es war nicht viel, was er da sagte, und alles andere dachte er sich wohl, wie er so dasaß in der kleinen Kneipe, gegenüber dem Gebirge von Kohlköpfen und Rüben, das vor den Hallen abgeladen und errichtet wurde.

Man möchte gern in seinen Gedanken lesen, um daraus zu erfahren, was noch zum Abschlusse unserer Geschichte fehlt? Seine Bemerkung über Baby aber hat jeden unwillkürlich ängstlich gemacht und man eilt, um diesem dunklen Teile unserer Geschichte nachzugehen, der uns ganz besonders nahegeht, weil Baby wirklich eine rührendschöne Gestalt abgegeben hat in unserem Ensemble.

Erinnert man sich des großen Spiegels noch im Hotel Lambert? Er stand in dem kleinen, rosa- und weißgemalten Waschraum neben dem Taubenschlag zur Linken in dem Brustkasten des M. Lambert, in der Gegend seines Herzens. Der vergoldete Rahmen war in jener verrückten Zeit, da der Spiegel sich auf seine alten Tage noch so toll verliebt hatte, aus der Kompanie ausgesprungen und aus dem Leim gegangen. Madame Lambert hatte ihn erst ihrem geliebten Küchenherd zum Fraße vorwerfen wollen, aber Monsieur hatte sie davon überzeugt, daß die plastischen Ornamente darauf aus unverdaulichem, vergoldetem Gips bestanden. So wurde der alte Rahmen, immerhin noch bei lebendigem Leibe, erhalten und um acht Franken dem Antiquitätenhändler in der Straße verkauft, wo er lange Wochen hindurch, mit schlechtem Trödel, an eine Wand der Auslage gelehnt stand, völlig unbeachtet.

Dem Spiegel selbst war es besser ergangen. Henry hatte bei einem Tischlermeister einen großen Wandschrank für den Taubenschlag zur Linken bestellt, und den Spiegel in die Mittelfläche einbauen lassen. Er bekam eine goldene Borte und füllte den breiten Mittelteil eines wunderbar komfortablen, ganz neuen, weißlackierten Wandschrankes aus, dem an Länge nichts an die Seite gestellt werden konnte; denn er nahm tatsächlich die ganze Längswand des Raumes ein. Der Spiegel hatte nichts zu tun, als nur Babys noch unverändert junge Gestalt wiederzugeben, zu allen Tages- und Nachtstunden, so oft Baby eben Toilette machte, zum Ausgehen oder zum Schlafengehen, und man muß sagen, daß er in diesem Berufe in musterhafter, liebevoller Pflichterfüllung geradezu aufging. Von Dolly, Winnie, Peggy und Bully hatte er Abschied genommen, um sein Leben, nach dieser Wende, die wohl die letzte für ihn sein wird, denn der Schrank war zum Glück ganz und gar in die Mauer eingebaut, unbeweglich, nicht umzugsfähig, ein für allemal der zarten Baby zu widmen, der er mit jeder Spiegelung ebenso zart zu huldigen versuchte, wie er sie als zarte Schönheit empfand.

Seltsamerweise war auch der Rahmen, der vergoldete, mürrische Rahmen, wieder zu Ehren gekommen. Und zwar hatte ihn Henry selbst bei dem Antiquitätenhändler um zwanzig Franken erstanden und, innen mit neuen Leisten versehen, als Rahmen um ein Gemälde tun lassen, das in seinem Arbeitszimmer hing, der einstigen Speiseröhre im ersten Stockwerk des Hotel Lambert. Das Bild war in jener kritischen Zeit, vor fünf Jahren, aus England umständlich nach Paris geschafft worden. Ein Mr. Roberts hatte es, mit Hilfe einer schwarzen Lady namens Bibi Black, in den Kellern des Schlosses Watford agnosziert und eiligst nach London gebracht, wo es dann in jenem unseligen Prozesse eine nicht unwichtige Rolle gespielt hatte. Der Künstler, der sich dazu bekannte, das

Bild nach einem lebenden Modell gemalt zu haben, das während des Gemaltwerdens verschied, hatte nach seiner Verurteilung Madame Mae R. gebeten, das Bild anzunehmen, da es ihr doch in so verhängnisvollem Grade ähnlich sei; Madame Mae R. aber hatte das Geschenk auf Wunsch ihres Rechtsfreundes abgelehnt. Hierauf hatte der Maler Henry bitten lassen, das Bild anzunehmen und zur Erinnerung aufzubewahren und niemandem auszufolgen bis zu dem Augenblicke, da er selbst, der Maler, es zurückerbitten werde, ein Augenblick, der, nach Abbüßen der Strafe, möglicherweise einmal eintreten könnte.

Frau von St. Clair hatte gegen diese Verfügung nichts einzuwenden gehabt; denn sie war, als Inhaberin des Schlosses Watford, vom Gericht darüber befragt worden.

»Das Bild ist des Künstlers Eigentum, er mag darüber ganz nach Ermessen verfügen«, hatte sie geantwortet.

»Wenn Sie das an dem Abend im Château d'Or erklärt hätten, wo Puppenball war, Madame, dann wäre manches anders gekommen!«

Aber das war alles, was Astragalus seiner Wohltäterin sagte. Vorwürfe erhob er gegen niemanden. Er blieb fest und schweigsam und stritt nichts ab, bis zu seiner Verurteilung. Alle aber fanden es ganz in Ordnung, daß Henry das Bild zu sich nahm. Denn ihn, gerade ihn, sollte es an die Gefahr mahnen, der Baby entronnen war, da Astragalus sie von dem Puppenball fortgebracht hatte in den Rokoko-Salon seines stillen Hôtels an jenem entscheidenden Dienstagmorgen, dessen Ereignisse noch nachzutragen wären, sofern auf ein einigermaßen deutliches Ausklingen der Handlungsmotive Wert gelegt wird.

30

Was Henry anlangt, so hatte ihn die Ähnlichkeit des Porträts mit Madame Mae R. so fasziniert, daß er das Bild zunächst, um Babys Gefühle zu schonen, im Dachbodenatelier bei jenem alten Herrn versteckte, der immer noch dort, gleich unter der Glatze des M. Lambert, beherbergt war.

Bei ihrer Rückkehr aus Amerika – »Lord Punch's Jazz-Band-Boys and Girls« hatten eine lohnende Tournée dort drüben absolviert – hatte Baby das Gemälde gefunden. Henry kaufte damals (mit etwa der Hälfte seines Tournéehonorars) das Hotel Lambert und richtete es als Hotel für den Jazz-Symphoniker Henry und seine Frau her, ehemals Mademoiselle Baby. Und Baby – Baby war gar nicht voreingenommen gegen die schöne, sterbende Dame, die sie in dem Porträt zu erkennen glaubte; nein, sie bestand darauf, daß das Gemälde in Henrys Arbeitszimmer gehängt werde; denn dort gehöre es schließlich hin, das wüßte sie genau, sagte sie, dunkelsplitternden Auges. Und Henry gab nach.

Madame Lambert hatte sich von ihrem Herd noch immer nicht getrennt, sie blieb in dem Hause, auch dann noch, als es nicht mehr identifiziert werden konnte mit seinem alleinigen Inhaber von einst, M. Lambert, denn der war – ganz im Gegensatz zu seinem Hotel, wenigstens was den Leib anbelangt – ein Häuflein Asche geworden. Das Hotel aber war wie ein Phönix aus der Asche seines alten Inhabers gestiegen, dank einem Häuflein Dollar, die Henry dafür aufwenden konnte. Hoffentlich war dieser Aufstieg nur der kongruente Abglanz für den Aufstieg der Seele des verschiedenen, alten Hausinhabers in die ewigen Gefilde! Madame war dieser festen Überzeugung, und wenn sie davon sprach, so konnte man sich des Eindrucks nicht erwehren, daß sie die Seele, übrigens nicht ganz unrichtig, als einen Rauch auffaßte, der aus dem

Herde durch das Ofenrohr in den Rauchfang und daraus empor in den Luft- und Ätherraum aufstieg ...

Natürlich vertrug sich die alte Madame mit der neuen Madame vorzüglich. Die alte Madame kochte und wirtschaftete weiter, wie sie in dem Hause immer schon gekocht und gewirtschaftet hatte, als Appendix des Küchenherdes, und die junge Madame tanzte und turnte weiter, wie sie es seit ihrem Einzug in ihren Taubenschlag zur Linken auch früher schon getan hatte. Dazu kümmerte sie sich auch noch sehr energisch um Henrys Arbeiten, erleichterte ihm seinen Dienst am Dirigentenpult und am Schreibtisch, vor dem Notenheft, seine Debatten mit Managern und Verlegern, durch eine ganze Perlenkette von liebevollen Kleinigkeiten, die sich jeder vorstellen kann, der Babys blauen Blick einmal splittern gesehen hat.

Es geschah nun an jenem Tage nach dem traurigen Morgen, da Astragalus vor dem Hotel Lambert jenem jungen Manne aus London begegnet war, den er jahrelang nicht mehr, wie sonst, unerwartet an irgendeinem Punkte von London getroffen hatte, daß Astragalus von Henry empfangen wurde. Es ging sehr ruhig zu bei diesem Empfang, und das muß betont werden, weil die Zusammenkunft dieser Herren vor fünf Jahren – eben in jenem Rokoko-Salon, wohin Henry von Madame Mae R. geführt worden war, in Gesellschaft ihres Gatten selbstverständlich, in einer sehr unruhigen Weise vor sich gegangen war.

»Wenn ich heute zurückdenke, so muß ich gestehen, daß ich nicht weiß, wie die Geschehnisse damals innerlich zusammenhingen. Wie sie von ihrem Entschluß, Madame Mae zu malen, unbedingt zu malen, so plötzlich abgekommen sind, um Baby einzuladen und einen ihrer, sagen wir, unwillkommenen Malversuche an ihr zu machen ... der, dank unserem Dazwischentreten, gescheitert ist: das müssen Sie mir gütigst erklären! Ich begreife den Zusammenhang auch nach fünf Jahren Nachdenkens nicht. Halten Sie mich für einen stützbedürftigen, denkschwachen Jazz-Bander, wenn Sie wollen, aber erklären Sie mir den Fall, wenn die Katastrophe eines Wirbelsturmes überhaupt in ihren einzelnen Phasen erklärlich ist.«

»Sie müssen begreifen, daß ich war damals schon sehr weit. Sehr weit! So weit, daß ein Opfer für meine Kunst mußte fallen, mußte! Verstehen Sie mich? Mußte, sage ich. Und wie die englische Lady wurde geholt von ihrem Mann und ich ganz traurig war, traurig, wissen Sie, ich sage immer: traurig, wie nach dem Tod, da kam Ihre kleine Mademoiselle und sagte mir: ich bin Baby und ich will sterben, weil Henry nicht überlebt, wenn seine Lady Mae stirbt. Da sagte ich: ›Mademoiselle, Sie erringen sich unsterbliche Verdienste um die Malerei!‹ Und sie hat erlaubt, daß ich sie begleite und male. Das ist ganze Geschichte. Ganze Geschichte, Mr. Henry!«

»Aber der Ungar? Arpád von M.?«

»Hat tollen Hund gebraucht. Hat gedacht, Astragalus ist billiger als toller Hund. Hat von mir gewußt und ich habe gemacht, was er wollte.«

Ich möchte aus diesem Dialog nur jene Teile anführen, von denen aus der Schein des Reflektors zurückgeworfen werden kann auf jene dunklen Partien, die noch zu erhellen sind. Darum unterbreche ich hier den Ablauf des Gespräches. Denn Henry und Astragalus kamen von dem Thema ab und blieben bei Arpád stehen. Arpád!? Es hatte damals einige Affären in Verbindung mit seinem Namen gegeben. Zunächst hatte es sich um den Schmuck einer Dame gehandelt, eine Perlenkette, die verschwunden war. Die Sache wurde in manchen Zeitungen lebhaft diskutiert, Arpád aber, so hieß es, befand sich bereits auf dem Wege nach Amerika. Dann war Arpád in der Franken-Fälscheraffäre genannt worden, die zu Beginn des Jahres 1926 viel Staub aufwirbelte. Arpád, ein Agent der ungarischen Fälscher, hatte einige Hundert der Windisch-grätzschen Tausend-Franken-Scheine geschickt unter die Leute gebracht. Aber Arpád war auch in dem Prozeß des Wür-felmenschen genannt worden. Denn die Recherchen des Un-tersuchungsrichters hatten ergeben, daß Arpád es gewesen war, der Astragalus die Schlüssel von der kleinen möblierten Wohnung ausgefolgt hatte, wo das Unglück geschehen war, das endlich zur Verhaftung des Astragalus führen mußte.

Betroffen von diesem Unglück war in erster Reihe die kleine Dame, die, als Mieterin der hochgelegenen Wohnung, unter einem bürgerlichen Namen in dem Hause und bei der Polizei bekannt war. Ihr Name tut nichts zur Sache, denn wir ken-nen sie nur unter dem Namen, den sie in unserer Erzählung trägt, und der lautete: So-Etwas. So-Etwas also war es, die jenen Faschingsdienstag nach dem Puppenball nicht überlebt hatte. Es war eine unwahrscheinliche Situation in der kleinen Wohnung, die ein rothaariger, stumpfnasiger Herr vorfand, als er am hellen Mittag eindrang. Da lag die kleine Tänzerin in ihrem Bettchen, weiß und tot, und Astragalus bemühte sich, sie nach den Regeln der ersten Hilfe bei Unfällen zum Leben zu bringen. Verzweifelt versuchte er, die noch warmen Arme des Mädchens in Bewegung zu setzen, um der Lunge neuen Odem einzuflößen, Wiederbelebungsversuche, die ver-geblich blieben. Er habe sich hierbei wie ein ungeschlachter Junge benommen, die Zunge zwischen den Zähnen gehalten und gebissen in seiner Verlegenheit, hatte der Stumpfnasige erzählt. Und da er eintrat, habe Astragalus sich entschuldi-gend mit den Worten an ihn gewendet: »Es ist der Dame ein Unglück passiert. Sie hat den Atem verloren. Die Luft ist ihr ausgegangen.«

Ihr war die Luft ausgegangen. Sie hatte den Atem verloren. Ihr war ein Unglück passiert.

Astragalus, von Frau von St. Clair, die an jenem Abend dem Ungarn verfiel, preisgegeben, hatte jenes schauerliche Gespräch mit der kleinen Baby gehabt, das dem Eingreifen Henrys voranging. Kurz darauf wäre Madame Mae R. von ihrem eigenen Gatten beinahe gewaltsam aus dem Château d'Or entführt worden, eine Aktion, auf der Dr. Curel in seiner bekannten, einigermaßen heftigen Fürsorge für seine Freunde bestanden hatte, aber das mysterieuse Verschwinden Babys führte dann zu jener anderen Wendung, die wir bereits angedeutet haben. Henry, von Madame Mae gewarnt, war rechtzeitig dazwischengekommen, Astragalus entkam und entlud seine Tollwut endlich dort, wo Arpád ihn hinlenkte: bei der glatthäutigen, klugen, kleinen Dame namens So-Etwas, die dem Ungarn, in seiner Beziehung zu Frau St. Clair, lästig geworden war.

So-Etwas war der Lustwut eines Narren zum Opfer gefallen, und die Frage, ob Astragalus ins Tollhaus oder an den Galgen gehöre, war damals heftig diskutiert worden.

Madame Mae R.? Mr. Douglas? Kann ein Zweifel darüber aufkommen, daß da alles in bester Ordnung war? Darüber kann kein Zweifel aufkommen. Dr. Curel hätte es leicht fertiggebracht, jeden Zweifler eines Besseren zu überzeugen. Nur mit einem wäre er nicht so leicht fertiggeworden: mit dem stumpfnasigen Zeugen, dem Hausdetektiv Mr. Roberts, der von seinem Gesprächspartner Mr. Sleary scharfe Worte über die Ehe Douglas und Mae R. zu hören bekam und sonst noch von mancher Seite bessere Informationen haben konnte, als Dr. Curel selbst.

Hierzu ist aber zu sagen, daß die scharfen Worte des Mr. Sleary sehr oft nur den Zweck hatten, seinem Partner Sand in die Augen zu streuen, damit in der kurzen Zeitspanne, während welcher sogar Mr. Roberts unaufmerksam war, ein rascher Zug aus der Zigarre statthaben durfte, die, wie stets, auf dem Rande der Aschenschale auf den Augenblick lauerte, da sie sich den Fingern ihres Herrn, die immer bereit waren, nach ihr zu langen, rasch hingeben durfte.

»Die Menschen ändern sich nicht!« pflegte auch M. Epstein zu sagen, wenn er zum hundertstenmal vergeblich versucht hatte, mit dem berühmten Jazz-Symphoniker Henry zu einem neuen Kontrakt zu kommen, dessen Bedingungen das fallweise Auftreten von Madame Baby im Palais d'Or vorsahen.

Wie man sieht, war es unserem Figurenensemble im allgemeinen gerade so ergangen wie es jedem lebendigen Figurenensemble auf dieser Erde seit ein paar Jahrtausenden ergeht: mit jedem Tag war ein neuer Lebenstag weggelebt. Der alte Fehler: daß alles Lebendige verurteilt ist, vom Kapital zu leben, statt nur die Zinsen zu verbrauchen, dieser alte Grundfehler der Schöpfung trägt die Schuld, wenn wir sogar dem Leser eines Jazz-Romans in diesem Punkte nichts Neues zu bieten vermögen.

Nachwort

»Hans Janowitz, in Poděbrady, Böhmen, am 2. Dezember 1890 geboren.« So beginnt Hans Janowitz seinen Lebenslauf, der durch das »Jahrhundert der Extreme« (Eric Hobsbawm) führte. Die Kindheit erscheint als böhmische Idylle. Der Vater ist musikalisch, die Mutter literarisch interessiert, und sie vermitteln ihren Kindern Franz und Hans eine reiche Kultur. Materiell durch den Familienbesitz einer Ölmühle abgesichert, wachsen die Kinder unter der Obhut einer Gouvernante aus Dresden und eines Privatlehrers in großbürgerlichen Verhältnissen auf. Zwar werden sie zweisprachig erzogen, haben aber wenig Kontakt zur tschechischen Landbevölkerung. Die Religion, das Judentum, wird wie in vielen assimilierten Kreisen eher locker befolgt und hat kaum prägenden Einfluß.

1900 wird Hans auf das Stephansgymnasium nach Prag geschickt, wo er Franz Werfel, Willy Haas und Paul Kornfeld kennenlernt. Die Schule reizt ihn wenig, er ist ein eher schlechter Schüler. Dagegen ziehen ihn Literatur, Philosophie und Musik an. Ibsen, Gerhart Hauptmann, Thomas Mann und Otto Weininger, Plato, Kant, Schopenhauer verbinden sich mit dem magischen, düsteren Prag zu einer Traumwelt, wie sie noch heute vielfach beschworen wird und so doch nie bestanden hat. Über allen aber steht Karl Kraus, Literat, Sprachkritiker und Chronist des untergehenden Habsburgerreiches.

In Prag publiziert Hans Janowitz seine ersten Erzählungen. Er beschäftigt sich nun auch mit der tschechischen Literatur, besonders mit dem Schriftsteller Petr Bezruč, über den er einen emphatischen Artikel veröffentlicht, der in expressionistischem Pathos die Lyrik als Tat feiert.

Sehnsucht, Kunst, Jugend, Liebe sind die Themen, die den 22-jährigen Janowitz beschäftigen. Die nationalen Gegensätze innerhalb Prags scheinen spurlos an ihm vorübergegangen zu sein. Überdeckt werden diese auch vom Menschheitspathos des Expressionismus. Aufgegriffen wurde diese Lyrik wieder von Franz Pfemfert, der 1916 die Anthologie »Jüngste Tschechische Lyrik« herausgab, an der Hans Janowitz mit-arbeitete.

In Prag lernt er auch Franz Kafka und Max Brod kennen, für dessen »Arcadia: Jahrbuch für Dichtkunst« er zwei Kurzgeschichten mit parabelhaften Inhalten liefert. Nach einem Angriff Brods auf Karl Kraus kommt es aber zum Bruch mit Brod. Verstärkt wendet sich Janowitz nun Ludwig Ficker und der Kulturzeitschrift »Brenner« zu. Er macht auf den böhmischen Schriftsteller »Frana Sramek« aufmerksam, schreibt Lyrik und daneben provozierende und schockierende Kurzprosa über Liebe, Sexualität und Tod. Viele Projekte bleiben allerdings unveröffentlicht und müssen als verschollen gelten. Daß nur wenig zur Veröffentlichung gelangt, ist sicher auch Janowitz' eigene Schuld, denn er verlangt immer wieder, sogar nach der Drucklegung, Änderungen seiner Texte. Einiges davon hat sich im »Brenner«-Archiv erhalten.

Obwohl von ihm selbst im »Brenner« nichts mehr erschienen ist, hat Hans Janowitz Ficker die Freundschaft bewahrt.

1909 bereits verläßt Janowitz Prag, um sich als Angestellter eines Getreidehauses in München Fachkenntnisse für die spätere Übernahme des väterlichen Betriebes anzueignen. Es ist anzunehmen, daß dies auf väterlichen Wunsch geschah, denn Janowitz zeigt kein Interesse am Getreidehandel. Literatur, Theater, aber auch die Universität beschäftigen ihn mehr. Kurzzeitig wird er Theaterkritiker in München, gibt aber die Tätigkeit, die nicht ihm, aber dem ihn beauftragenden Redakteur Geld einbringt, bald wieder auf. Das bohemienhafte Leben endet 1910 in Salzburg, wo er Soldat wird. Über seine Militärzeit ist kaum etwas bekannt. In keinem der wenigen Briefe finden sich Klagen über militärischen Drill, nur in einem Brief an Karl Kraus mokiert sich Janowitz über die politische Ahnungslosigkeit der österreichischen Offiziere.

»Über Leipzig, wo er den Philosophen Wundt hört [sein Bruder Franz ist dessen Schüler, R. R.] gelangt er nach Hamburg, wo er am Deutschen Schauspielhaus Regieassistent und Adept der Dramaturgie wird. Er spielt täglich viele kleine Rollen im Zyklus der Shakespeareschen Königsdramen, arbeitet mit Oberregisseur Grube an Regiebüchern«, schreibt Janowitz über seinen weiteren Werdegang. Abgesehen von der Formulierung »wo er den Philosophen Wundt hört«, die wohl wörtlich zu nehmen ist, hat eine Nachprüfung in Hamburg ergeben, daß Hinweise auf Janowitz' Tätigkeit am Schauspielhaus fehlen. In den Spielplänen für die Theatersaison 1913/14 sind allerdings die Königsdramen aufgeführt. Briefe an v. Ficker und Kraus zeigen allerdings, daß sich seine materielle Lage nicht sehr gebessert hat. Er bettelt um Rezensentenkarten für den »Brenner« und deutet Artikel über Wedekind und Strindberg an. Auch psychisch macht er in dieser Zeit eine Krise durch. Aus dieser reißt ihn der Erste Weltkrieg, um ihn in eine andere zu stürzen. Rein äußerlich macht er Karriere, wird Offizier. Unter dem Einfluß von Karl Kraus aber haßt er den Krieg, wie man den Briefen an Kraus entnehmen kann. 1917 wird dieser Haß noch gesteigert durch den Tod seines Bruders Franz in der Isonzoschlacht. Am Ende des Krieges bleibt nur mehr Verachtung für den »Kadaver der einstigen Monarchie« übrig. Die »Urkatastrophe« (G. F. Kennan) des 20. Jahrhunderts hinterläßt nicht nur die bisher größte Blutspur in der Geschichte der Kriege, sondern sie legt auch den Keim für den nächsten Krieg. Die alte Welt der Habsburger Monarchie ist zerstört. Die Hohenzollern sind gestürzt. T. G. Masaryk gründet im Oktober 1918 die Tschechoslowakische Republik. Zerstört ist auch der Prager Kreis, Hans Janowitz verlegt seine Tätigkeit nach Berlin, wo er die größten Erfolge seines Lebens feiern wird.

Berlin nach dem Ersten Weltkrieg, das hieß zunächst Novemberrevolution. Wie ein Kartenhaus brach das deutsche Kaiserreich zusammen. »Der Kaiser ging, doch die Generäle blieben« (Th. Plivier). Neue Gruppen entstanden und mit ihnen neue Zeitschriften. Hans Janowitz, vom Krieg angeekelt, nutzt die neuen Gelegenheiten. Schnell löst er sich unter den Eindrücken der politischen Ereignisse vom alten Stil und schreibt eine Reihe von politischen Aufsätzen, in denen er unter dem Motto von Karl Kraus »Jeder Staat führt den Krieg gegen die eigene Kultur anstatt Krieg gegen die eigene Unkultur zu führen« seine pazifistische Ansicht zum Ausdruck bringt. So wendet er sich gegen »Rufe nach der ›starken Armee‹«. Politisch neigt er den Radikalen zu; Scheidemann, Noske, Ebert gelten ihm lediglich als Variationen von Wilhelm II. Betrachtet man Janowitz' Analysen näher, so zeigt sich hinter der Nennung zahlreicher Namen und Ereignisse doch Unverständnis der genauen Sachverhalte. Wirtschaftliche Verhältnisse werden personalisiert, politische Machtkämpfe psychologisiert und auf Rache reduziert. Letztlich erschöpft sich seine Analyse in dem Glauben an kollektive Eigenschaften, ans »deutsche Wesen«. Diesem setzt er einen diffusen Sozialisierungsbegriff entgegen, der mit einem vitalistischen Menschenbegriff gepaart ist. Von der Tagespolitik wendet er sich Ende 1919 wieder ab und seinen alten Idealen zu.

»Du musst Caligari werden« steht im Februar 1920 an Berliner Litfaßsäulen. Mit geschickter Werbung macht ein Film Furore, der später zum Synonym für das Kino des Expressionismus werden sollte: »Das Cabinet des Dr. Caligari«. Das Drehbuch stammt von Carl Mayer und Hans Janowitz.

Janowitz wird über Nacht zu einer Berühmtheit und zu einem vielbeschäftigten Filmschreiber. Er arbeitet u. a. für den Regisseur F. W. Murnau oder die Schauspielerin Asta Nielsen. Fast allen Filmen gemeinsam ist das Caligarische: Außen-

seiter, Mord, seelische Nöte als Motiv, dunkle Nächte in Klein-
städten, Jahrmärkte als Staffage. »Caligari« bleibt Janowitz'
größter Erfolg, an dem er zeitlebens arbeitet. Noch im amerikanischen Exil versucht er, eine Bühnenfassung zu erstellen.
Auch gab es Pläne für ein Remake. Streit um die Rechte sowie
das Wissen um die Unwiederholbarkeit verhinderten die Realisierung. Geblieben ist lediglich ein bis heute unveröffentlich-
tes Buch von Janowitz, in dem er die »story of a famous story«
erneut erzählt, und einzelne Szenen zu »Caligari redivivus«.
Bis zu seinem Tod wurde Janowitz nicht müde, den politisch-
allegorischen Charakter des Films zu betonen.

Neben seiner Tätigkeit als Filmdichter, wie man dies da-
mals nannte, tritt er als Mitglied des Kabaretts »Wilde Bühne« auf. Die künstlerische Leitung des Kabaretts hatte Trude
Hesterberg, die am 10. September 1921 die »Wilde Bühne« im
Keller des Theaters des Westens eröffnete. Unter den Künst-
lern, die dort auftraten oder deren Chansontexte vorgetragen
wurden, sind Walter Mehring, Klabund, Kurt Tucholsky, Kurt
Gerron, Blandine Ebinger und Wilhelm Bendow zu finden.
Die Musik stammte von Werner Richard Heymann, Friedrich
Hollaender und Mischa Spoliansky. Viele von Janowitz' Ka-
baretttexten wurden 1924 in den »Asphaltballaden« veröffentlicht. Unter den Premierengästen fand sich Conrad Veidt,
der in »Das Cabinet des Dr. Caligari« die Rolle des Mediums
übernommen hatte. Auch Bertolt Brecht trat hier mit seinen
Balladen »Jakob Apfelböck« und der »Ballade vom toten Solda-
ten« auf. Die Texte der Couplets waren oft ein Abbild der Zeit,
die in Deutschland noch immer als die »Goldenen Zwanziger«
verklärt wird. Für Janowitz sind es tatsächlich goldene Jahre.
Erst als 1924 in den Nachwehen der Inflation die Kabaretts
schließen und Janowitz nach Böhmen zurückkehrt, um nach
dem Tod seines Vaters die Ölmühle zu übernehmen, findet er
Zeit, an seinem Roman »Jazz« zu arbeiten.

Wie sehr Hans Janowitz von seinen Berliner Erlebnissen beeindruckt war, zeigt dieser Roman. Liest man die ersten Seiten, so versteht man, warum das Werk in die Reihe »Romane des XX. Jahrhunderts« des Verlags Die Schmiede, bei dem auch Kafka publizierte, aufgenommen wurde: Bubikopf, Zeppelin, Vereinigte Staaten von Europa, Kommunismus, Amerika – diese Begriffe beherrschten die Welt.

»Radikale Verjüngung der Welt durch blühenden Unsinn«, so lautete das Programm einer Generation, die durch Schützengräben und Inflation desillusioniert war.

»Jazz! So hieß der Ausdruck der Zeit, die sich den Lehrsatz unseres närrischen Psychiaters: ›Du sollst Caligari werden‹ auf ihre Art zu Herzen genommen hatte. Die Welt war nicht gerade Caligari, aber Jazz war sie geworden, gründlich Jazz geworden. Und ich habe nun zu erzählen, wie das war, damals, da die Welt, gewissermaßen im ersten Anlauf schon, ihr Ziel erreicht, Jazz geworden war. Wie? Die Welt war Jazz geworden? – Ich kann nicht umhin, mich bei diesem Gedanken noch einmal zu unterbrechen, das letztemal hoffentlich, bevor ich die Geschichte der fünf Jazz-Band-Boys zu erzählen beginne, um die es hier eigentlich geht. War die Welt denn wirklich durchwaltend Jazz geworden?«

Diese Musik, über Frankreich und Großbritannien aus Amerika nach Deutschland importiert, traf den Nerv einer jungen Generation und stand nicht nur für einen neuen Musikstil, sondern für einen neuen Lebensstil, der sich an die demokratischen Staaten des Westens anlehnte. Dies rief nicht nur die Entrüstung der bisher herrschenden Eliten hervor, sondern auch auf Seiten der Linken war man irritiert. Jazz, zunächst als revolutionäre Neuerung aufgenommen, wurde in zunehmend stalinistischer Manier als Dekadenzerscheinung gebrandmarkt. Janowitz' Roman wird von den Literaturkritikern als Zeitdokument verstanden: »Kapriziös, eigenwillig, betäubend ist dieses Buch, das unsere Zeit und ihr Tempo mit ungezogener Grazie schildert. Der liebenswürdige Unfug, der darin tobt, seine Dissonanzen und Zuckungen, Orgien und Transfigurationen vereinigen sich gutgelaunt zu einem aufwühlerischen Programm, dessen Umfang im Buchtitel erschöpft wird, das in einer kurzen Silbe den Höhepunkt erklimmt, spitzbübisch, unsinnig und unbändig radikal: Jazz. Die buntgemischte Gesellschaft der Nachtlokale, Eintänzer, Animierfratzen, Hochstapler, Perverse, huscht im Zerrbild einer Art Handlung an uns vorüber, deren Struktur mit wohlerwogener Absicht durch widerspenstige Motive gehemmt, synkopisch durchbrochen nach hundert Abweichungen und Nebenschritten zu dem verwirrenden Chaos der Begebenheiten aufsteigt. Eine Geschichte, die von Tanzgirls und Jazz-Band-Boys erzählt, von der Lustwut eines intellektuellen Narren, von den wunderschönen Beinen der zärtlichen Baby, von der rührenden Bedeutungslosigkeit der kleinen Dame ›So-Etwas‹, die nach nutzlos vertanzten Nächten, nach einem aufreizend zur Seite gedrängten Dasein in barmherziger Dunkelheit stirbt. Es ist von Opiumzigaretten und Schwedenpunsch, den Gesetzen der neuen Musikalität die Rede, die das Buch des deutsch-böhmischen Dichters erfüllen, von Fuselkneipen und Hotelzauber, den traurig-komischen Erschütterungen des Saxophons, vom proletarischen Charme süßzwitschernder Tanzmädchen. Es ist ein Buch, das den Querschnitt des Lebens mit Vorbedacht an einer Stelle gibt, wo es peinlich trüb am problematischesten schäumt.« (Paul Leppin in »Die Literatur«, 1926/27) Geradezu euphorisch wird das Buch in der »Literarischen Welt«, der Zeitschrift seines alten Freundes Willy Haas, gefeiert: »Ein herrliches Buch. Ein Roman seiner Zeit, des 20. Jahrhunderts, im wahrsten und besten Sinn des Wortes. Ein Werk, das – den ›Jazz‹ als Sinnbild unserer vielströmigen Zeit vor Augen – Wege zu einer, neuer Romanform zu erschließen strebt, wie es in anderem Sinne etwa Klabund mit seinem ›Moreau‹ und Döblin mit seinem ›Berge, Meere und Giganten‹ schon früher taten. Andere Gesetze walten über diesem Buche, so wie über einer Jazzpièce andere Gesetze walten als über einer Sonate für Klavier und Geige. Doch was aus ihm emporwächst, ist das zerrissene und vielgestaltige Gesicht des heutigen Lebens. Allen, die sich philisterhaft und in verachtender Verkalkung sperren gegen die Erscheinungsformen einer neuen Zeit, gegen Dinge, die doch da sind und deshalb zum Lichte wollen wie Blumen, Gras und Unkraut, wird dieses Buch – so wie die Jazzmusik im Ohre – ein Graus im Auge sein. Allen aber, die mitgehen mit ihrer Zeit und sie im Ernsten wie Grotesken durchleben, kennen und würdigen lernen wollen, wird es angesichts dieses köstlichen Romanes gehen wie einem Jazzbegeisterten, wenn er eine Ragtimeweise zu Gehör genommen: Sie werden beifallklatschend dastehen und Bravo, Bravissimo rufen.«

Dieser Roman sollte der letzte literarische Erfolg von Hans Janowitz bleiben. Über die Zeit von 1923 bis 1939 wissen wir nur aus seinem eigenen Lebenslauf, in dem er kurz über eine »industrielle Unternehmung« berichtet. Seine Frau hat nach seinem Tod an Kurt Pinthus folgendes darüber geschrieben: »Im Jahre 1923, nach dem Tod des Vaters meines Mannes, übernahm er auf Wunsch der Familie die Pflanzen Oel Fabrik in Böhmen, die seit dem Jahre 1884 im Familien-Besitze war, und führte sie, sehr erfolgreich, bis zu seiner Auswanderung nach Amerika 1939.« Literarisch tritt er in der Weimarer Republik noch zweimal für seinen Bruder ein. Zunächst widmet er ihm einen biographischen Abriß in der »Literarischen Welt«, dem er 1928 den Band »Requiem der brüderlichen Bruderschaft« mit eigenen Gedichten, die an den Bruder gerichtet sind, folgen läßt.

1933 wird Hitler die Macht in Deutschland übertragen. Janowitz sitzt noch im sicheren Ausland, in seiner Heimatstadt Poděbrady. Über seine politischen Aktivitäten lassen sich nur Mutmaßungen anstellen, denn er verwendet zahlreiche Decknamen, die ihn, seine Freunde und Verwandten schützen sollen: Jan de Villon, Hans Valentin, Hajan Jack Saint, Jan Tonik Var, Jan Gustave, Antonin de Villon, Jan Valentine, Herbert Agar und John. Bereits in Nr. 5, der von Willi Münzenberg finanzierten Zeitschrift »Der Angriff« (Prag 1933), findet sich eine Kurzgeschichte »Der Tod des kleinen Herrn Sabbath. Ein wahre Geschichte«, in der er in seinem typischen spätexpressionistischen Stil den Antisemitismus geißelt: »Deutschland ist also erwacht, Juda in Gestalt des Herrn Benjamin Sabbath war verreckt. Die Trommelschläge der Verzweiflung aber hallten hinaus aus der stillen Wohnstrasse des Berliner Westens, hinaus in die Welt, und sie drangen mahnend durch den Schall der Pfingstglocken im ganzen Lande, wo das ›Fröhliche Fest‹ geläutet wurde, die deutschen Pfingsten des Jahres 1933.« Janowitz wußte also genau, was er zu erwarten hatte, wenn die Deutschen die Macht in der demokratischen Tschechoslowakei erringen sollten. Nach dem Einmarsch der Deutschen versteckt Janowitz einen Teil seiner Manuskripte in einem kleinen böhmischen Dorf. Wann genau er das Land verläßt, welche Route er wählt, wer ihm zu einem Visum in den USA verhilft, darüber wissen wir fast nichts. Aus den Unterlagen der amerikanischen Einwanderungsbehörde »Immigration and Naturalization Service« geht hervor, daß er offiziell am 16. Oktober 1944 von Montreal in die Vereinigten Staaten eingereist ist. Diese Einreise hat er aber anscheinend nur unternommen, um den Formalitäten Genüge zu tun. In Wirklichkeit hat er sich spätestens ab März 1940 in New York aufgehalten, wie sich aus Briefen und Manuskripten rekonstruieren läßt.

In den USA versucht Janowitz zunächst in Hollywood Fuß zu fassen, was ihm aber nicht gelingt. So siedelt er nach New

York über, wo sein Bruder Otto bei einer lokalen Rundfunkstation eine Sendung betreut. Er versucht weiterhin als Schriftsteller seinen Lebensunterhalt zu bestreiten. Kurzgeschichten, Lyrik, Essays und Romanfragmente werden entworfen, aber nur weniges wird in kleinen Zeitschriften gedruckt. Auch denkt er an eine zweite Fassung bzw. Fortsetzung des »Caligari«, die stärker die politischen und moralischen Aspekte der Orginalversion herausstellen sollte. Doch die Rechte an dem Film sind bereits verkauft, so daß dieser Plan sich nicht umsetzen läßt. Politisch engagiert er sich in diversen Gruppen und entwirft eine Europäische Staatenunion nach amerikanischem Vorbild, für die die Ideen so unterschiedlicher Persönlichkeiten wie T. G. Masaryk, Aristide Briand, Carlo Sforza, Coudenhove-Kalergi und Winston Churchill herangezogen werden.

Janowitz engagiert sich aber auch für jüdische Organisationen wie die HIAS (Hebrew Sheltering and Immigrant Aid Society), deren Executive Comittee of European Friends er neben Marc Chagall, Manfred George u. a. angehört. Am 17. April 1944 bittet er seinen alten Freund Franz Werfel um eine »Adresse« für das von ihm arrangierte Wohltätigkeitskonzert »zu Gunsten des Rescue-Fonds der HIAS für die nach Spanien und nach der Türkei geflüchteten jüdischen Opfer der deutschen Tobsucht«. Mitwirkender ist unter anderem Robert Stolz. Er selbst hat mittlerweile durch die 1943 von ihm gegründete Parfümfirma Janlen ein bescheidenes Auskommen, und er hat vor allem sein Leben retten können. Außer einem Bruder und dem Sohn eines Cousins ist niemandem die Flucht geglückt. Fast alle Familienmitglieder sind von den Deutschen deportiert und umgebracht worden. Den Sieg über das Deutsche Reich hat er mit Sicherheit als Befreiung empfunden, dennoch gehört er auch 1945 zu den Verlierern. Galt er den Deutschen als tschechischer Jude, so ist er jetzt für die tschechischen Machthaber ein jüdischer Deutscher, der nicht zurückkehren kann.

So bleibt er in New York. Doch immer wieder richtet sich sein Blick zurück. Er erinnert an Schriftsteller wie Hans Rehfisch, Anton Kuh, Peter Altenberg.

Immer wieder bearbeitet er »Caligari«, an dessen Remake auch Salvador Dalí Interesse zeigt, wie Victor A. Perry in einem Brief vom 13. 3. 1945 berichtet. Über den Inhalt erfahren wir folgendes: »The Caligari II deals with Caligari who escaped and is at large again. The basic story comes to its full value. All the political and moral aspects which did not come to the fore in the original version will play an important part ...« Da sich die Realisierung immer mehr hinauszögert, plant er unter anderem eine Dramatisierung mit Songs. Als der Film in New York wiederaufgeführt wird, lädt man ihn ein, eine Ansprache zu halten. Leben kann er davon aber nicht. Auch der Versuch, seine Erzählungen mit Hilfe einer Literaturagentur in amerikanischen Zeitungen und Zeitschriften unterzubringen, scheitert. So lebt er weiterhin von den Einkünften, die ihm seine gemeinsam mit seiner Frau betriebene Parfümerie einbringt. Am 24. April 1950 wird er amerikanischer Staatsbürger. Vier Jahre lebt er noch in New York, bevor er am 25. Mai 1954 stirbt.

Danach interessieren sich nur mehr wenige, darunter Kurt Pinthus, für ihn. Auch der Hinweis von Jürgen Serke auf Janowitz ändert daran wenig. Nur ein Literaturlexikon enthält einen Artikel über ihn. In der Bio-Bibliographie »Deutsche Exil-Literatur 1933–1945« fehlt sein Name. Man kann zu seinem Werk stehen, wie man will, zumindest diesen Dienst hätte man ihm noch erweisen können. Er aber wußte, was über viele Emigrantenschicksale, wie auch das seine, zu sagen war: »It is no good being a stranger no place ...«

Rolf Rieß

151

Tauchen Sie mit unserer Jazz-Playlist der 20er Jahre ein in die mitreißende Klangwelt dieses Romans!